同等学力申请硕士学位全国统一考试辅导用书

同等学力临床医学学科综合水平全国统一考试

模拟试题

第 **3** 版

同等学力考试命题研究专家组　主编

卫生部教材办公室

人民卫生出版社

图书在版编目(CIP)数据

同等学力临床医学学科综合水平全国统一考试模拟试题/同等学力考试命题研究专家组主编. —3 版.
—北京：人民卫生出版社，2011.10
ISBN 978-7-117-14747-7

Ⅰ. ①同… Ⅱ. ①同… Ⅲ. ①临床医学-研究生-统一考试-习题集 Ⅳ. ①R4-44

中国版本图书馆 CIP 数据核字(2011)第 174131 号

门户网：www. pmph. com	出版物查询、网上书店
卫人网：www. ipmph. com	护士、医师、药师、中医师、卫生资格考试培训

同等学力临床医学学科综合水平
全国统一考试模拟试题
第 3 版

主　　编：同等学力考试命题研究专家组
出版发行：人民卫生出版社（中继线 010-59780011）
地　　址：北京市朝阳区潘家园南里 19 号
邮　　编：100021
E - mail：pmph @ pmph. com
购书热线：010-67605754　010-65264830
　　　　　010-59787586　010-59787592
印　　刷：北京市后沙峪印刷厂
经　　销：新华书店
开　　本：787×1092　1/16　印张：9
字　　数：218 千字
版　　次：2007 年 12 月第 1 版　2011 年 10 月第 3 版第 3 次印刷
标准书号：ISBN 978-7-117-14747-7/R·14748
定　　价：25.00 元

打击盗版举报电话：010-59787491　E-mail：WQ @ pmph. com
（凡属印装质量问题请与本社销售中心联系退换）

前　言

　　同等学力人员申请硕士学位"临床医学学科综合"水平考试,是同等学力人员申请硕士学位的全国统一性考试,是国家组织的对授予同等学力人员进行专业知识结构与水平认定的重要环节,内容包括生理学、分子生物学、病理学、内科学和外科学五门课程。

　　为了帮助考生更好地复习和通过考试,专家组在认真分析同等学力人员申请硕士学位临床医学学科综合水平全国统一考试的考试大纲、考试指南、考试样卷,以及全国硕士研究生入学统一考试西医综合的考试大纲、历年真题的基础上编写了该书中的 8 套全真模拟试题。

　　由于时间仓促,以及作者能力所限,书中不当之处在所难免,恳请读者不吝指正,以便于我们改版过程中不断提高。

同等学力考试命题研究专家组

卫生部教材办公室

2011 年 5 月

目　录

A_1 型 题

答题说明(1～50 题)

每一道题下面有 A、B、C、D、E 5 个备选答案。在答题时,只需从中选择一个最合适的答案,写在答题纸上。

1. 内环境的稳态是指
   A. 细胞内液中各种理化因素保持相对恒定
   B. 细胞外液的各种理化性质发生小范围变动
   C. 使细胞内、外液中各种成分基本保持相同
   D. 不依赖于体内各种细胞、器官的正常生理活动
   E. 不受机体外部环境因素的影响

2. 关于 Ca^{2+} 通过细胞膜转运的方式,下列哪项描述正确
   A. 以单纯扩散为主要方式
   B. 以易化扩散为次要方式
   C. 有单纯扩散和主动转运两种方式
   D. 有单纯扩散和易化扩散两种方式
   E. 有易化扩散和主动转运两种方式

3. 血液凝固的内源性激活途径与外源性激活途径的主要差别在于
   A. FX 的激活过程
   B. 凝血酶激活过程
   C. 纤维蛋白形成过程
   D. 有无血小板参与
   E. 有无 Ca^{2+} 参与

4. 在心动周期中,心室充盈主要依靠
   A. 地心引力的作用
   B. 骨骼肌挤压和静脉瓣的共同作用
   C. 心房收缩的作用
   D. 心室舒张的抽吸作用
   E. 胸膜腔内负压的作用

5. 下列关于胰液的叙述,正确的是
   A. 胰液的 pH 约为 7.0
   B. 其分泌主要受神经调节
   C. 在非消化期几乎不分泌
   D. 胰酶主要由小导管细胞分泌
   E. 每日分泌量为 0.6～0.8L

6. 蛋白质的营养学热价为
   A. 15.26kJ/g
   B. 16.7kJ/g
   C. 17.15kJ/g
   D. 17.99kJ/g
   E. 23.43kJ/g

7. 下列关于 Cl^- 在近端小管重吸收的描述，正确的是
    A. 主要发生在近曲小管   B. 与 HCO_3^- 重吸收竞争转运体
    C. 主要通过细胞旁路重吸收   D. 顺浓度和电位梯度而重吸收
    E. 优先于 HCO_3^- 的重吸收

8. 下列哪一部位或神经元受损可导致舞蹈病
    A. 大脑皮质内胆碱能神经元
    B. 大脑皮质-新纹状体谷氨酸能投射神经元
    C. 新纹状体内 γ-氨基丁酸能中间神经元
    D. 黑质-纹状体多巴胺能投射神经元
    E. 弓状核-正中隆起 γ-氨基丁酸能投射神经元

9. 由肾上腺皮质束状带细胞分泌的激素主要是
    A. 醛固酮   B. 脱氢表雄酮   C. 雌二醇
    D. 皮质醇   E. 去氧皮质酮

10. 虎斑心的病变性质是
    A. 萎缩   B. 玻璃样变性   C. 心肌脂肪变性
    D. 心肌脂肪浸润   E. 变性

11. 按组织再生能力的强弱比较，下列哪项是正确的
    A. 结缔组织＞神经细胞＞肝细胞
    B. 软骨＞腱＞肾小球
    C. 骨组织＞平滑肌组织＞神经细胞
    D. 单层扁平上皮细胞＞横纹肌＞周围神经
    E. 肾小管上皮细胞＞骨髓细胞＞脂肪细胞

12. 有关血栓的论述，错误的是
    A. 静脉血栓多于动脉血栓   B. 下肢血栓多于上肢血栓
    C. 动脉瘤内血栓多为混合血栓   D. 静脉内血栓尾部多为红色血栓
    E. 毛细血管内血栓多为白色血栓

13. 关于浸润性生长的叙述，正确的是
    A. 是恶性肿瘤所独有的生长方式
    B. 是良性肿瘤所独有的生长方式
    C. 良、恶性肿瘤均可以呈浸润性生长
    D. 良、恶性肿瘤均不可以呈浸润性生长
    E. 良性肿瘤不会出现浸润性生长，恶性肿瘤可能出现浸润性生长

14. 肺癌中恶性程度最高的类型是
    A. 类癌   B. 腺癌   C. 鳞癌
    D. 大细胞癌   E. 小细胞癌

15. 镜下肿瘤细胞间有散在巨噬细胞存在，形成满天星图像的淋巴瘤是
    A. Burkitt 淋巴瘤   B. 大 B 细胞淋巴瘤   C. 霍奇金淋巴瘤
    D. 滤泡型淋巴瘤   E. 周围 T 细胞淋巴瘤

16. 关于甲状腺乳头状癌的叙述，下列哪项是不正确的
    A. 为最多见的甲状腺癌   B. 青少年女性多见

C. 本癌淋巴结转移早,因此预后很差　　　　D. 生长较慢,预后较好

E. 有时原发灶很小,临床上首先发现转移病灶

17. 血清白蛋白(pI 为 4.7)在下列哪种 pH 溶液中带正电荷

　　A. pH 4.0　　B. pH 5.0　　C. pH 6.0　　D. pH 7.0　　E. pH 8.0

18. DNA 的热变性的特征是

　　A. 碱基间的磷酸二酯键断裂

　　B. 一种三股螺旋的形成

　　C. 对于一种均一 DNA,其变性温度范围不变

　　D. 融解温度因鸟嘌呤-胞嘧啶碱基对的含量而异

　　E. 在 260nm 处的光吸收降低

19. 影响酶促反应速度的因素不包括

　　A. 底物浓度　　　　　　B. 酶的浓度　　　　　　C. 反应环境的 pH

　　D. 反应温度　　　　　　E. 酶原的浓度

20. DNA 连接酶催化的化学反应能够

　　A. 填补引物遗留下的空隙　　　　　　B. 水解引物

　　C. 向 $3'$-OH 末端加入 dNTP　　　　　D. 生成磷酸二酯键

　　E. 生成氢键

21. 遗传密码的简并性是指

　　A. 一种密码适用于多种氨基酸

　　B. 三联体密码可多一个或少一个碱基

　　C. 多数氨基酸具有一种以上的遗传密码

　　D. 密码中含有许多稀有碱基

　　E. 密码的"兼职"现象

22. 转录过程中需要的酶是

　　A. DNA 指导的 DNA 聚合酶　　　　　　B. 核酸酶

　　C. RNA 指导的 DNA 聚合酶　　　　　　D. DNA 指导的 RNA 聚合酶

　　E. 核酶

23. 遗传密码的摆动性是指

　　A. 一种氨基酸可以有几种密码子

　　B. 密码子的第 3 个碱基与反密码子的第 1 个碱基可以不严格配对

　　C. 一种密码子可以代表不同的氨基酸

　　D. 密码子与反密码子可以任意配对

　　E. 不同的氨基酸具有相同的密码

24. 可直接激活蛋白激酶 C 的物质是

　　A. AMP　　　　B. cGMP　　　　C. IP_3　　　　D. PIP_2　　　　E. DAG

25. 端粒酶可看作是一种

　　A. DNA 聚合酶　　　　　　B. RNA 聚合酶　　　　　　C. 核酸内切酶

　　D. 反转录酶　　　　　　　E. DNA 连接酶

26. 不稳定型心绞痛与稳定型心绞痛的主要区别不包括以下哪项

　　A. 在 1 个月内疼痛发作的频率、程度、发作时间不同

B. 心肌坏死标记物的增高

    C. 1个月内新发生的心绞痛

    D. 休息状态下的心绞痛

    E. 发作时有 ST 段抬高的心绞痛

27. 感染性心内膜炎的抗生素治疗原则,以下哪项除外

    A. 早期应用,在连续送血3～5次培养后即开始治疗

    B. 充分用药,联合大剂量、长疗程

    C. 静脉用药为主,保持高而稳定的血药浓度

    D. 联合用药时常规加用抗真菌药物

    E. 先经验性选药,有血培养结果后根据药物敏感程度选药

28. 关于心房颤动药物治疗,下列哪项是正确的

    A. I_A 类药物奎尼丁防止心房颤动发作效果确实可靠、安全

    B. 胺碘酮治疗心房颤动效果差,副作用大

    C. 维拉帕米不宜用于心房颤动患者

    D. I_C 类药物如普罗帕酮、氟卡尼等可致室性心律失常

    E. Ⅱ类药物 β 受体阻断剂不能与洋地黄合用

29. 下列哪种疾病最不可能是肺炎链球菌肺炎的并发症

    A. 弥散性血管内凝血　　　　B. 贫血　　　　C. 胸膜炎

    D. 心律失常　　　　E. 肺脓肿

30. 关于肾性骨营养不良的早期诊断,下列哪项最有价值

    A. 骨 X 线片　　　　B. 骨活检　　　　C. 骨痛

    D. 自发性骨折　　　　E. PTH

31. 肾病综合征的治疗,下列哪项不合适

    A. 足量激素[0.8～1mg/(kg·d)]

    B. 抗凝治疗并辅以血小板解聚药

    C. 用袢利尿剂冲洗管型、碱化尿液以防管型形成

    D. 积极应用抗生素预防感染

    E. 急性肾衰竭适时透析

32. 下列哪项是诊断缺铁最肯定的依据

    A. 有慢性失血史

    B. 血涂片见典型小细胞低色素性红细胞

    C. 转铁蛋白饱和度降低

    D. 血清铁降低

    E. 骨髓小粒可染铁消失

33. 下列哪项组合不正确

    A. 急粒白血病——可见 Auer 小体

    B. 骨髓异常综合征——病态造血

    C. 急淋白血病——过氧化物酶阳性

    D. 慢粒白血病——NAP 下降

    E. 慢淋白血病——以成熟小淋巴细胞为主

34. 甲状腺功能亢进症最常见于
　　A. 碘甲亢　　　　　　　　　B. 甲状腺炎伴甲亢　　　C. Graves 病
　　D. 多结节性甲状腺肿伴甲亢　E. 自主性高功能甲状腺结节

35. 张力性气胸,患者呼吸困难,最重要的治疗措施是
　　A. 吸氧　　　　　　　　　B. 呼吸机辅助　　　　　C. 气管插管或切开
　　D. 开胸手术　　　　　　　E. 胸腔穿刺抽气减压

36. 容易并发脓气胸的肺炎是
　　A. 肺炎克雷伯杆菌肺炎　　B. 肺炎支原体肺炎　　　C. 肺炎链球菌肺炎
　　D. 病毒性肺炎　　　　　　E. 金黄色葡萄球菌肺炎

37. 对于急性中毒的诊断,下列哪项是主要的中毒诊断依据
　　A. 毒物接触史和临床表现　B. 临床表现　　　　　　C. 毒物分析
　　D. 毒物接触史和毒物分析　E. 毒物接触史

38. 消化性溃疡治疗中不属于抑制胃酸分泌的药物是
　　A. 氢氧化铝　　　　　　　B. 普鲁苯辛　　　　　　C. 丙谷胺
　　D. 雷尼替丁　　　　　　　E. 奥美拉唑

39. 等渗性脱水的常见病因是
　　A. 急性肠梗阻　　　　　　B. 感染性休克　　　　　C. 肺炎高热
　　D. 慢性十二指肠瘘　　　　E. 挤压综合征

40. 胃肠道手术,术前禁食的主要目的是
　　A. 防止术后吻合口瘘
　　B. 避免术后腹胀
　　C. 预防麻醉或手术中呕吐造成窒息
　　D. 避免造成手术困难
　　E. 早期恢复胃肠蠕动

41. 甲状腺内孤立的、无触痛性、不规则的硬结节最可能的是
　　A. 结节性甲状腺肿　　　　B. 急性甲状腺炎　　　　C. 甲状腺癌
　　D. 硬化性甲状腺炎　　　　E. 甲状腺脓肿

42. 急性化脓性腹膜炎的手术指征中,下列哪项错误
　　A. 原发性腹膜炎　　　　　　　　　B. 观察 12 小时症状、体征加重
　　C. 中毒症状明显、有休克表现　　　D. 弥漫性腹膜炎无局限趋势
　　E. 非手术治疗无效

43. 当腹部闭合性损伤尚未明确,在观察期间下列哪项措施是不恰当的
　　A. 不随便搬动患者,以免加重伤情
　　B. 不给饮食,以防消化道穿孔者腹腔污染加重
　　C. 注射止痛剂,以防止创伤性休克
　　D. 注射广谱抗生素,预防和治疗可能存在的感染
　　E. 胃肠减压,减轻腹胀

44. 我国成人肠梗阻最常见的原因是
　　A. 肠扭转　　　　　　　　B. 腹内疝　　　　　　　C. 肠粘连
　　D. 肠套叠　　　　　　　　E. 肠肿瘤

45. 下列哪项不是肠梗阻手术时判断肠管生机的因素
    A. 肠壁是否水肿   B. 肠管弹性   C. 肠管蠕动能力
    D. 肠管色泽   E. 肠系膜动脉有无搏动

46. 成年人门脉高压继发食管胃底静脉破裂大出血后,最易导致的严重并发症是
    A. 失血性贫血   B. 急性肝坏死   C. 急性弥漫性腹膜炎
    D. 肝性脑病   E. 应激性溃疡

47. 下列最易发生骨坏死的是
    A. 关节内骨折,长期固定   B. 关节附近骨折,血肿较大
    C. 骨折合并大血管损伤   D. 股骨颈囊内型骨折
    E. 长骨多段骨折

48. 在尺神经损伤的临床表现中,下列哪项是正确的
    A. 桡侧皮肤感觉迟钝   B. 拇背伸功能障碍
    C. 猿手畸形   D. 手的第二蚓状肌麻痹
    E. 第三、四蚓状肌及骨间掌、背侧肌麻痹

49. 下述骨折属于不稳定性骨折者为
    A. 胫骨中段横行骨折
    B. 股骨干中段斜形骨折
    C. 肱骨上段裂缝骨折
    D. 儿童的青枝骨折
    E. 椎体压缩性骨折,压缩程度不及椎体高度 1/3 者

50. 关于泌尿系梗阻,下列哪项是错误的
    A. 泌尿系任何部位都可发生梗阻,梗阻持续加重,可导致肾功能损害
    B. 急性完全性梗阻可形成巨大肾积水
    C. 膀胱以上梗阻肾积水进展快,但一般仅一侧肾脏受影响
    D. 膀胱以下梗阻一般累及双侧肾脏,但对肾的影响较慢
    E. 泌尿系梗阻最危险的是细菌可以直接进入血液循环

A₂ 型 题

答题说明(51～80 题)

每一道题是以一个病例或一种复杂情况出现的,其下面都有 A、B、C、D、E 5 个备选答案。请从中选择一个最佳答案,并写在答题纸上。

51. 完全由膜固有电学性质决定而非离子通道激活所引起的电活动是
    A. 动作电位   B. 局部反应   C. 终板电位
    D. 电紧张电位   E. 突触后电位

52. 将血沉快的人的红细胞放入血沉正常的人的血浆中,红细胞的沉降率将发生何种变化
    A. 增快   B. 减慢   C. 在正常范围
    D. 先不变后增快   E. 先不变后减慢

53. 某物质被肾小球自由滤过后,既不被肾小管重吸收,也不被肾小管分泌,其血浆清

除率

  A. 等于零   B. 小于肾小球滤过率

  C. 等于肾小球滤过率   D. 大于肾小球滤过率

  E. 等于肾血浆流量

54. 在动物实验中,切除动物的肾上腺后其体内将发生下列何种变化

  A. 血管平滑肌对儿茶酚胺的反应降低   B. 体内水潴留

  C. ACTH 降低   D. 血脂降低

  E. 血糖水平升高

55. 家兔静脉内注射 20% 葡萄糖 10ml,尿量将增加,其原因是

  A. 肾小管液溶质浓度增高   B. 肾小球滤过率增加

  C. 肾小球有效滤过压增高   D. ADH 分泌减少

  E. 醛固酮分泌减少

56. 慢性萎缩性胃炎不出现哪项病理变化

  A. 胃腺体部分或全部消失   B. 仅黏膜浅层有炎症细胞浸润

  C. 重度肠上皮组织化生   D. 幽门腺组织化生

  E. 黏膜上皮不典型增生

57. 女性,26 岁,既往体健。正常产后 1 周来,阴道分泌物增多,伴有臭味,近 3 天来高热、寒战、神志不清。白细胞 20×10^9/L,肝、脾大,心脏:左心室增大,心前区可闻及收缩期杂音。皮肤有多形瘀斑,有的可见脓点。不符合该患者心内膜病变的描述是

  A. 心内膜赘生物体积大、污秽、松脆

  B. 心内膜赘生物内有大量细菌

  C. 心内膜赘生物由血小板和纤维素构成

  D. 可引起瓣膜穿孔

  E. 原本健康的瓣膜受累

58. 女性,55 岁,患二尖瓣狭窄性心瓣膜病已十余年,经常呼吸困难,咳粉红色泡沫样痰。该患者肺内不可能出现哪种病变

  A. 肺静脉淤血   B. 肺毛细血管扩张   C. 肺泡内出血

  D. 肺泡内含铁血黄素沉着   E. 化脓性支气管炎

59. 女,40 岁,患者因血尿、蛋白尿、管型尿,经治疗无明显好转。4 年后,因尿毒症死亡。尸体解剖发现两肾对称性萎缩,表面呈细颗粒状。组织学检查,大量肾小球纤维化,并呈现均匀红染、半透明小团。这些肾小球的病变属于

  A. 纤维素样坏死   B. 淀粉样变性   C. 玻璃样变性

  D. 脂肪变性   E. 水变性

60. 男性,53 岁,肾病综合征多年。近年来出现高血压、多尿、夜尿。近来出现贫血、视力减退、全身出现尿味、身体虚弱、呕吐、抽搐,最终昏迷而死亡。该患者肾的病理表现可能为

  A. 蚤咬肾   B. 大白肾   C. 大红肾

  D. 颗粒性固缩肾   E. 肾梗死

61. 镰状细胞贫血是异常血红蛋白基因纯合子的临床表现,已知血红蛋白 β 链有一个氨基酸改变了,最可能的突变机制是

  A. 交换   B. 3 个碱基缺失   C. 2 个碱基插入

D. 不分离　　　　　　　　　E. 单个碱基取代

62. 已知 Stickler 综合征患者 12 号染色体 COL2A1（胶原Ⅱ型基因）有突变。对其一个 COL2A1 基因启动子有突变的个体，可能出现下列哪项

    A. 用内含子中限制性切点则在 Southern 印迹得到正常大小的限制性片段

    B. Western 印迹未检出Ⅱ型胶原

    C. 用 RT-PCR（反转录聚合酶链反应）方法可在受累患者检出正常一半量的 COL2A1 mRNA

    D. 用 COL2A1 探针，荧光原位杂交（FISH）仅在一条 12 号染色体检到信号

    E. DNA 序列分析发现同源 COL2A1 外显子只有单个碱基不同

63. 蛋白质 α 螺旋是最常见的二级结构。下列 5 种氨基酸中哪个最适合形成 α 螺旋

    A. 半胱氨酸　　　　B. 丙氨酸　　　　C. 脯氨酸　　　　D. 赖氨酸　　　　E. 色氨酸

64. 化疗药剂氟尿嘧啶经一系列代谢作用，最后与胸苷酸合酶和四氢亚甲叶酸结合在一起。其抑制脱氧胸苷酸和阻止细胞分裂是由于

    A. 非催化性抑制　　　　　　B. 非共价结合抑制　　　　　　C. 不可逆抑制

    D. 别位抑制　　　　　　　　E. 竞争性抑制

65. 着色性干皮病为人类遗传性皮肤病，该病引起皮肤受日照后的种种变化表现，该疾病的分子水平原因是

    A. 紫外照射诱导前病毒

    B. 迅速失水引起细胞膜通透缺陷

    C. 日照灭活温度敏感的转运酶

    D. 细胞不能合成胡萝卜素类物质

    E. DNA 胸嘧啶二聚体的切除-修复机制的缺乏

66. 女性，54 岁，近 1 周发作性晕厥 4 次，给予 24 小时动态心电图监测，其主要目的是明确

    A. 心律失常发生机制　　　　　　　　B. 晕厥是否与心律失常直接联系

    C. 晕厥是否与活动有关　　　　　　　D. 是否存在无症状心肌缺血

    E. 晕厥是否与发作性心肌缺血有关

67. 女性，32 岁，风心病慢性心力衰竭、心房颤动，给予地高辛及利尿剂，2 天后心室率由 138 次/分减至 110 次/分，尿量增加，但患者仍然有气促，不能平卧。此时治疗应该是

    A. 加用皮质激素　　　　　　　　　　B. 口服普萘洛尔

    C. 静脉滴注氯化钾　　　　　　　　　D. 继续用原剂量地高辛及利尿剂观察

    E. 停止应用地高辛

68. 女性，25 岁。自 10 岁起发作性喘息，每逢春天易于发病，尤其在花园或郊外等环境。此次发作已 2 天，自服氨茶碱无效，前来急诊。下列哪项是不妥当的

    A. 吸入沙丁胺醇　　　　　　B. 吸入糖皮质激素　　　　　　C. 应用抗生素

    D. 补液　　　　　　　　　　E. 酮替芬

69. 一例气胸患者，胸部 X 线示肺压缩 40%，胸膜腔测压为：+3cmH$_2$O，予抽气后压力降至 0cmH$_2$O，观察 10 分钟后压力未变，考虑患者的气胸类型是

    A. 闭合性气胸　　　　　　　B. 张力性气胸　　　　　　C. 交通性气胸

    D. 创伤性气胸　　　　　　　E. 混合性气胸

70. 男,54 岁。乙型肝炎史 5 年,右上腹疼痛 1 周。检查发现:巩膜黄染,肝肋下 4cm,质地坚硬,表面不平。剑突下听到吹风样血管杂音。最可能的诊断是

    A. 胆道结石   B. 胆囊炎   C. 肝炎后肝硬化

    D. 原发性肝癌   E. 胰头癌

71. 25 岁男性患者,咽痛 7 天后出现全身水肿、尿少,血压 170/105mmHg,血红蛋白 115g/L,尿蛋白(＋＋),红细胞(＋＋＋),14 天后尿量减至 350ml/d,血肌酐 675μmol/L,BUN 28mmol/L,最可能的诊断是

    A. 急性肾小球肾炎   B. 急进性肾小球肾炎

    C. 慢性肾小球肾炎急性发作   D. 肾病综合征

    E. 急性间质性肾炎

72. 男性,40 岁。慢性再生障碍性贫血病史 4 个月,关于再生障碍性贫血的体征,下列哪种说法不正确

    A. 皮肤、黏膜苍白   B. 皮肤出血点   C. 脾大

    D. 浅表淋巴结无肿大   E. 心脏杂音

73. 女性,65 岁,咳嗽、咳痰伴发热 3 天,意识不清 4 小时。否认糖尿病史,高血压史 12 年。哪项体征对诊断糖尿病有特殊意义

    A. 心动过速   B. 皮肤干燥   C. 中度昏迷

    D. 呼气有烂苹果味   E. BP 160/100mmHg

74. 男性,28 岁,无明显诱因突发呕血 6 小时,暗红色,量约 400ml,既往无肝炎病史。查体:生命体征平稳,血红蛋白 100g/L,上腹部轻压痛,最有助于诊断的急诊检查方法为

    A. 上消化道造影   B. 胃镜   C. 腹部 B 超

    D. 腹部 CT   E. 血管造影

75. 治疗十二指肠溃疡欲达到消除神经性胃分泌,而不引起胃滞留、保留幽门括约肌的功能和正常胃容积,下列哪项手术方式为首选

    A. 高选择性胃迷走神经切断术   B. 迷走神经干切断术

    C. 选择性胃迷走神经切断术   D. 胃窦部切除加胃十二指肠吻合术

    E. 选择性胃迷走神经切断术加幽门成形术

76. 男,44 岁,右阴囊突发肿物 28 小时,伴发热、呕吐,肛门停止排气,右阴囊皮肤红润。此患者治疗的关键在于

    A. 鉴别是直疝还是斜疝   B. 开腹弄清疝内容物

    C. 判断疝内容物的血供   D. 迅速补充血容量

    E. 进行疝修补术

77. 男,30 岁,因寒战高热,右上腹胀痛 20 天入院,体检:体温 39℃,消耗病容,右季肋区叩痛,肝大肋缘下 3cm,触痛。化验检查血红蛋白 80g/L,白细胞 15.6×10⁹/L,中性粒细胞 0.80。B 超检查:肝右叶液性暗区 10cm×8cm,这种严重感染的致病菌,最可能来自何种病灶

    A. 细菌性痢疾   B. 疖病   C. 化脓性胆管炎

    D. 破伤风之伤口   E. 血栓性外痔

78. 女性,55 岁,颈前区偶然发现一质硬、固定的无痛性肿块,应考虑为

    A. 甲状腺炎   B. 结节性毒性甲状腺肿

C. 弥漫性毒性甲状腺肿   D. 甲状腺癌

    E. 甲状腺胶样囊肿

79. 女,30岁,腰部外伤5小时,有明显血尿,患侧腰部可触及拳头大小的肿物,有压痛,心率95次/分,血压120/75mmHg,应如何处理

    A. 肾部分切除术   B. 伤侧腰部切开引流,清除血肿

    C. 缝合肾脏裂伤   D. 保守治疗,严密观察病情变化

    E. 肾切除术

80. 患儿,10岁,胫骨中上段慢性骨髓炎,一般情况好,体温不高,局部有流脓窦道,X线片有4cm长整段死骨,周围有不连续包壳。当前的主要治疗是

    A. 手术摘除死骨,肌瓣填塞消灭死腔

    B. 手术摘除死骨,填入庆大霉素链,3周后取出,骨松质植入

    C. 手术摘除死骨,植入细塑料管,每日经管滴入抗生素

    D. 患肢长腿石膏管型固定,开窗换药

    E. 局部换药,保持引流通畅

B 型 题

答题说明(81~100题)

A、B、C、D、E是备选答案,81~100是考题。

答题时注意:如果这道题只与答案A有关,则请将A写在答题纸上;如果这道题只与答案B有关,则请将B写在答题纸上;余类推。每一答案可以选择一次或一次以上,也可以一次也不选择。

    A. 搏出量   B. 心排血量   C. 射血分数

    D. 静息心指数   E. 每搏功

81. 在不同个体之间进行心功能比较时宜选用的评定指标是

82. 在心室扩大、泵血功能减退早期宜选用的评定指标是

    A. 中央前回   B. 第一和第二感觉区   C. 皮层联络区

    D. 运动辅助区   E. 扣带回

83. 人类快痛的主要投射皮层是

84. 人类慢痛的主要投射皮层是

    A. 浆液性炎   B. 化脓性炎   C. 纤维素性炎

    D. 间质性肺炎   E. 慢性非特异性炎

85. 小叶性肺炎属于

86. 支原体肺炎属于

    A. 鳞状细胞癌   B. 燕麦细胞癌   C. 大细胞未分化癌

    D. 肺泡细胞癌   E. 高分化腺癌

87. 中央型肺癌大多为

88. 临床表现异位内分泌综合征的是

A. 疏水键　　　　　　　B. 氢键　　　　　　　C. 二硫键

D. 盐键　　　　　　　　E. 范德华力

89. 胰岛素分子 A 链与 B 链的交联是靠

90. 不属于维持蛋白质四级结构的作用力是

A. 地高辛　　　　　　　B. 卡托普利　　　　　C. 美托洛尔

D. 硝苯地平　　　　　　E. 硝酸甘油

91. 终止心绞痛发作应选用

92. 心绞痛发作伴高血压宜选用

A. 有机磷中毒　　　　　B. 亚硝酸盐中毒　　　C. 氰化物中毒

D. 铅中毒　　　　　　　E. 急性酒精中毒

93. 小剂量亚甲蓝治疗

94. 大剂量亚甲蓝治疗

A. 饮食疗法　　　　　　　　　B. 饮食疗法＋运动疗法

C. 饮食疗法＋格列本脲　　　　D. 饮食疗法＋二甲双胍

E. 饮食疗法＋胰岛素

95. 男，50 岁，糖尿病患者，双足部多处皮下蜂窝织炎，皮肤无溃烂，空腹血糖 7.3mmol/L，尿糖（＋），尿蛋白（一），肝肾功能正常。该患者治疗以何项为佳

96. 一肥胖患者多饮、多尿，无多食及体重减轻，查：OGTT：空腹 6mmol/L，餐后 1 小时 8.8mmol/L，餐后 2 小时 9mmol/L。对该患者应如何处理

A. 单纯疝囊高位结扎术　　B. Ferguson 法　　　　C. McVay 法

D. Bassini 法　　　　　　E. 疝成形术

97. 男性，26 岁，患右腹股沟斜疝 3 年，应首先采用下列哪种手术方式

98. 绞窄性斜疝局部有感染者，应选的合理手术方式是

A. $L_{1\sim2}$ 椎间盘突出　　B. $L_{2\sim3}$ 椎间盘突出　　C. $L_{3\sim4}$ 椎间盘突出

D. $L_{4\sim5}$ 椎间盘突出　　E. $L_5\sim S_1$ 椎间盘突出

99. 导致小腿前外侧和足内侧的痛、触觉减退的是

100. 导致外踝附近及足外侧痛、触觉减退的是

C 型 题

答题说明（101～120 题）

A、B、C、D 是备选答案，101～120 是考题。

答题时注意：如果这道题只与答案 A 有关，则请将 A 写在答题纸上；如果这道题只与答案 B 有关，则请将 B 写在答题纸上；如果这道题与答案 A 和 B 都有关，则请将 C 写在答题纸上；如果这道题与答案 A 和 B 都无关，则请将 D 写在答题纸上。

A. 从高浓度一侧向低浓度一侧移动　　B. 从低浓度一侧向高浓度一侧移动

C. 两者都是　　　　　　　　　　　　D. 两者都不是

101. 原发性主动转运中 Na^+ 的跨膜移动是

102. 继发性主动转运中 Na^+ 的跨膜移动是

    A. 血管通透性增加   B. 中性粒细胞趋化作用

    C. 两者均有   D. 两者均无

103. C_{5a}

104. 缓激肽

    A. 外周血白细胞增高   B. 淋巴结明显肿大

    C. 两者均有   D. 两者均无

105. 慢性淋巴细胞白血病

106. 急性粒细胞白血病

    A. 转录 DNA 上的信息   B. 指导蛋白质的合成

    C. 两者均是   D. 两者均非

107. rRNA 的作用是

108. mRNA 的作用是

    A. 受体位于胞内   B. 受体位于细胞膜上

    C. 两者均是   D. 两者均非

109. 雌性激素

110. 生长因子

    A. pH 下降   B. PaO_2 下降   C. 两者均有   D. 两者均无

111. 呼吸衰竭

112. 肾衰竭

    A. P 波与 QRS 波群无关   B. QRS 脱漏

    C. 两者均有   D. 两者均无

113. 二度房室传导阻滞

114. 一度房室传导阻滞

    A. 右下腹体征不明显   B. 腹膜刺激征不明显

    C. 两者均有   D. 两者均无

115. 小儿急性阑尾炎

116. 妊娠期急性阑尾炎

    A. 发热   B. 粪便检查可发现病原体

    C. 两者均有   D. 两者均无

117. 细菌性肝脓肿

118. 阿米巴性肝脓肿

    A. 椎间隙狭窄   B. 椎体破坏和压缩畸形

    C. 两者均有   D. 两者均无

119. 脊柱结核

120. 脊柱肿瘤

X 型 题

答题说明(121~160 题)

下列 A、B、C、D 4 个选项中,至少有一个答案是正确的。请您根据题意,有几个正确选项,便在答题纸上将相应题号的相应字母写上,多选或少选均不得分。

121. 胸膜腔内少量浆液的作用是
    A. 减少两层胸膜之间的摩擦　　　　　B. 使两层胸膜紧密相贴
    C. 预防气胸的发生　　　　　　　　　D. 有利于肺通气的进行

122. 消化道平滑肌对下列哪些刺激敏感
    A. 机械刺激　　　B. 电刺激　　　C. 温度刺激　　　D. 化学刺激

123. 影响肾小球超滤液生成量的因素有
    A. 肾小球滤过膜的面积　　　　　　　B. 肾小球滤过膜的通透性
    C. 有效滤过压　　　　　　　　　　　D. 肾血浆流量

124. 下列哪些激素能提高血糖浓度
    A. 催乳素　　　B. 生长激素　　　C. 肾上腺素　　　D. 皮质醇

125. 雌激素的生理作用有
    A. 促进卵泡发育　　　　　　　　　　B. 促进子宫发育
    C. 增强阴道的抵抗力　　　　　　　　D. 促进乳腺泌乳

126. 下列哪些器官活动与维持内环境稳态有关
    A. 肺的呼吸　　　B. 肾的排泄　　　C. 胃肠消化吸收　　　D. 血液循环

127. 下列关于神经胶质细胞生理作用的描述,哪几项是正确的
    A. 支持、修复和再生作用　　　　　　B. 产生神经营养因子
    C. 摄取和分泌神经递质　　　　　　　D. 产生可扩布性电位波动

128. 下列哪项病变属于浆液性炎
    A. 胸膜炎积液　　　　　　　　　　　B. 早期感冒黏膜炎
    C. 肾盂积水　　　　　　　　　　　　D. 昆虫毒素引起的皮下水肿

129. 下列关于肝细胞气球样变细胞的描述,哪些是正确的
    A. 细胞内糖原增多　　　　　　　　　B. 细胞内水分增多
    C. 内质网扩张、囊泡变性　　　　　　D. 粗面内质网核蛋白体颗粒消失

130. 下列关于病毒性心肌炎的叙述哪些是正确的
    A. 依患者年龄不同,其病变有所不同
    B. 晚期可伴有代偿性心肌肥大
    C. Coxsackie 病毒 B 组感染最为常见
    D. 成人病毒性心肌炎,主要为坏死性心肌炎

131. 主要发生脂肪变性的器官是
    A. 心　　　B. 肝　　　C. 脾　　　D. 肺

132. 关于胃癌的描述,下列正确的是
    A. 判断早期胃癌的标准是其浸润深度　B. 血道转移最常见的器官是肝
    C. 晚期可转移到左锁骨上淋巴结　　　D. 黏液癌可种植形成 Krukenberg 瘤

133. 下列哪些结核属于非活动性肺结核
    A. 局灶型肺结核   B. 浸润型肺结核
    C. 慢性纤维空洞型肺结核   D. 结核球

134. 子宫平滑肌瘤可呈
    A. 息肉状   B. 乳头状   C. 结节状   D. 溃疡状

135. 维系蛋白质空间结构的非共价键有
    A. 氢键   B. 肽键   C. 二硫键   D. 疏水键

136. DNA 聚合酶 I 具有
    A. $5' \rightarrow 3'$ 外切酶活性   B. $3' \rightarrow 5'$ 外切酶活性
    C. $5' \rightarrow 3'$ 聚合酶活性   D. $3' \rightarrow 5'$ 聚合酶活性

137. 翻译过程消耗能量的反应有
    A. 氨基酰-tRNA 的合成   B. 氨基酰-tRNA 进入 A 位
    C. 密码子和反密码子辨认配对   D. 肽键的生成

138. 下列哪些可以构建载体
    A. 质粒   B. 噬菌体   C. 病毒   D. 酵母人工染色体

139. 原核与真核 mRNA 转录和加工的相同点是
    A. 原核转录需加多聚腺苷酸的尾巴   B. 原核 mRNA 需加帽子
    C. 原核的转录需要 RNA 聚合酶   D. 原核转录的原料是 NTP

140. 反转录酶能催化的反应有
    A. RNA 指导的 DNA 合成反应   B. RNA 的水解反应
    C. DNA 指导的 RNA 合成反应   D. 有 $3' \rightarrow 5'$ 外切酶活性

141. 慢性肺源性心脏病洋地黄应用的指征是
    A. 合并急性左心功能衰竭
    B. 感染已控制,利尿剂治疗右心功能未能改善
    C. 合并室上性心动过速
    D. 心房颤动(心室率 80～100 次/分)

142. 下列有关主动脉瓣狭窄患者发生晕厥的机制,正确的有
    A. 运动即刻发生者为突然体循环静脉回流减少
    B. 休息时晕厥可由于心律失常导致心排血量骤减
    C. 运动时周围血管阻力反射性降低
    D. 运动加重心肌缺血,导致心排量降低

143. 下列关于胃的良性与恶性溃疡鉴别要点的叙述,正确的是
    A. 早期溃疡型胃癌单凭内镜所见不难与良性溃疡鉴别
    B. 活组织检查可以确定良性或恶性溃疡
    C. 即使内镜下诊断为良性溃疡且活检阴性,仍有漏诊恶性溃疡的可能
    D. 胃镜复查溃疡愈合不是鉴别良性与恶性溃疡的可靠依据

144. 下列各项,哪些为依赖 ACTH 的 Cushing 综合征
    A. Cushing 病   B. 异位 ACTH 综合征
    C. 肾上腺皮质腺瘤   D. Meador 综合征

145. 诊断为特发性血小板减少性紫癜,患者实验室检查可能出现的结果为

A. PAIg 阳性   B. PAC_3 阳性

    C. 产板型巨核细胞增多   D. 血小板计数减少

146. 下列哪些是甲状腺功能亢进浸润性突眼的特点

    A. 眼肌麻痹、眼球固定   B. 畏光、流泪

    C. 结膜充血、水肿   D. 突眼度在 16mm 以上

147. 男性,40 岁,因感染性心内膜炎而引起急性主动脉瓣关闭不全。在以下体征中,哪些是正确的

    A. 心动过速常见   B. 有明显周围血管征

    C. 第一心音增强、第三心音常见   D. 收缩压、舒张压和脉压可以正常

148. 关于尿毒症下述正确的有

    A. 导致高血压的主要原因是肾素增高

    B. EPO 减少是造成贫血的主要原因

    C. 脂代谢异常最多见的是血甘油三酯升高

    D. 中性粒细胞减少是患者易发生感染的主要原因

149. 关于溶血性贫血,下列描述正确的有

    A. 血清非结合胆红素升高   B. 血清结合珠蛋白升高

    C. 血涂片中出现幼红细胞   D. 网织红细胞数升高

150. 下列有关糖尿病酮症酸中毒发生低钾血症的机制,正确的有

    A. 渗透性利尿引起大量钾离子排出   B. 呕吐导致钾离子丢失

    C. 酸中毒使钾向细胞内转移   D. 胰岛素使钾向细胞内转移

151. 女,38 岁,低热,腹胀 5 个月。营养状态略差,腹部膨隆,肝脾未触及,脐周触及 3~4cm 大小包块,质地中等,边界不清,轻度触痛,移动性浊音可疑阳性,PPD 皮试阳性。疑诊结核性腹膜炎,可行下列哪些检查

    A. 腹部 B 超   B. X 线钡剂灌肠   C. 腹腔穿刺   D. 腹腔镜检查

152. X 线摄片见股骨下端有骨质破坏,边界不清及骨膜反应,可能的诊断有

    A. 骨结核   B. 化脓性关节炎影响股骨下端

    C. 急性骨髓炎   D. 骨恶性肿瘤

153. 有关消化性溃疡穿孔的并发症,下列描述正确的有

    A. 游离穿孔在十二指肠比胃多见   B. 十二指肠溃疡穿孔多发生于前壁

    C. 胃溃疡并发穿孔多发生于小弯侧   D. 十二指肠后壁溃疡穿孔可并发出血

154. 类风湿关节炎的关节外表现有

    A. 皮下类风湿结节   B. Felty 综合征

    C. 巩膜炎   D. 面部对称性水肿性红斑

155. 关于化脓性关节炎,正确的有

    A. 好发于髋关节   B. 多可自愈

    C. 致病菌是金黄色葡萄球菌   D. 感染途径多为血源性

156. 骨盆骨折患者,小便不能自解,尿道口滴血,血压 110/70mmHg,正确的处理是

    A. 患者平卧   B. 放置导尿管

    C. 尿道会师术   D. 经会阴尿道断端吻合术

157. 参与围成胆囊三角的结构有

A. 肝左、右管　　　B. 肝总管　　　　C. 胆囊管　　　　D. 肝下面

158. 下列哪些是急性机械性小肠梗阻的临床表现
A. 阵发性腹部绞痛　　　　　　B. 可有肠型和蠕动波
C. 肠鸣音减弱或消失　　　　　D. X线检查显示小肠、结肠内充气扩张

159. 腹股沟直疝的特点是
A. 多见于老年人　　　　　　　B. 疝囊降入阴囊
C. 疝外形呈半球形　　　　　　D. 按压住内环疝仍复出

160. 症状不典型的急性胰腺炎,需与下列哪些疾病鉴别
A. 急性肠梗阻　　　　　　　　B. 胃或十二指肠溃疡急性穿孔
C. 急性胆囊炎或胆石症　　　　D. 急性胃炎

A_1 型题

1. 轻触眼球角膜引起眨眼动作的调节属于
   A. 神经调节 B. 神经-体液调节 C. 局部体液调节
   D. 旁分泌调节 E. 自身调节

2. 下列关于神经纤维膜上电压门控 Na^+ 通道与 K^+ 通道共同点的描述,错误的是
   A. 都有开放状态 B. 都有关闭状态 C. 都有激活状态
   D. 都有失活状态 E. 都有静息状态

3. 血液凝固的发生是由于
   A. 纤维蛋白溶解 B. 纤维蛋白的激活
   C. 纤维蛋白原变为纤维蛋白 D. 血小板聚集与红细胞叠连
   E. FⅧ的激活

4. 在心动周期中,房室瓣开放始于
   A. 等容舒张期末 B. 快速充盈期末
   C. 减慢充盈期末 D. 心房收缩期初
   E. 心房收缩期末

5. 肺内压在下列哪一时相内等于大气压
   A. 吸气中和呼气中 B. 吸气中和呼气末 C. 吸气末和呼气中
   D. 吸气末和呼气末 E. 呼气中和呼气末

6. 正常成年人的肾小球滤过率约为
   A. 100ml/min B. 125ml/min C. 250ml/min
   D. 1L/min E. 180L/min

7. 听阈是指
   A. 某一频率的声波刚能引起鼓膜疼痛的最小强度
   B. 所有频率的声波刚能引起鼓膜疼痛的平均强度
   C. 某一频率的声波刚能引起听觉的最小强度
   D. 所有频率的声波刚能引起听觉的平均强度
   E. 某一频率的声波刚能引起听觉的平均强度

8. 下列关于肌紧张的描述,正确的是
   A. 由快速牵拉肌腱而引起 B. 感受器是肌梭

C. 人类以屈肌肌紧张为主要表现　　　　D. 为单突触反射

E. 反射持久进行时易疲劳

9. 睾酮由睾丸的下列哪种细胞分泌
　　A. 间质细胞　　　　　　　　B. 支持细胞　　　　　　　　C. 精原细胞
　　D. 精母细胞　　　　　　　　E. 精子

10. 下列组织中最易完全再生修复的是
　　A. 心肌组织　　　　　　　　B. 骨组织　　　　　　　　C. 神经组织
　　D. 上皮组织　　　　　　　　E. 平滑肌组织

11. 引起槟榔肝的病变,属于下列哪一项
　　A. 水样变性　　　　　　　　B. 脂肪变性　　　　　　　　C. 淤血
　　D. 炎症　　　　　　　　　　E. 坏死

12. 下列哪种肿瘤是上皮组织发生的良性肿瘤
　　A. 皮样囊肿　　　　　　　　B. 乳头状瘤　　　　　　　　C. 血管瘤
　　D. 胶质母细胞瘤　　　　　　E. 脂肪瘤

13. 良性高血压的基本病变是
　　A. 增生性细小动脉炎　　　　　　　B. 细小动脉的纤维素样坏死
　　C. 细小动脉痉挛　　　　　　　　　D. 肉芽肿性小动脉炎
　　E. 细动脉玻璃样变性

14. 引起新月体性肾小球肾炎发生的主要基础病变是
　　A. 基底膜缺损、断裂　　　　B. 中性粒细胞渗出　　　　C. 单核细胞渗出
　　D. 系膜细胞增生　　　　　　E. 内皮细胞增生

15. 判断肺结核有无传染性最主要的依据是
　　A. 结核菌素试验阳性　　　　B. 血沉增快　　　　　　　　C. 反复痰中带血
　　D. 胸部 X 线有空洞　　　　　E. 痰结核杆菌检查阳性

16. 有关肾细胞癌的特点,错误的是
　　A. 肾上下极多见　　　　　　　　　B. 多呈明显浸润性生长,边界不清
　　C. 早期即可发生血道转移　　　　　D. 透明细胞癌最为常见
　　E. 癌细胞可排成乳头状或管状

17. 真核生物 mRNA 前体的加工过程不包括
　　A. 5′末端加帽　　　　　　　B. 3′末端加多聚 A 尾　　　C. 甲基化修饰
　　D. 磷酸化修饰　　　　　　　E. 剪切去除内含子并连接外显子

18. 关于同工酶的叙述中错误的是
　　A. 分子结构相同　　　　　　B. 催化的反应相同　　　　　C. 理化性质不同
　　D. 生物学性质不同　　　　　E. 免疫学性质不同

19. DNA 复制起始过程,下列酶和蛋白质的作用次序是:1. DDDP Ⅲ;2. SSB;3. 引物
酶;4. 解螺旋酶
　　A. 1,2,3,4　　　　　　　　B. 4,2,3,1　　　　　　　　C. 3,1,2,4
　　D. 1,4,3,2　　　　　　　　E. 2,3,4,1

20. 下列各项中属于反式作用因子的是
　　A. 启动子　　　　　　　　　B. 增强子　　　　　　　　　C. 沉默子

D. 转录因子   E. 操纵子

21. 核蛋白体循环肽链延长阶段分别由哪四步骤组成
   A. 进位-转肽-脱落-移位   B. 进位-移位-转肽-脱落
   C. 转肽-进位-脱落-移位   D. 移位-进位-脱落-转肽
   E. 进位-转肽-移位-脱落

22. 下列 DNA 中,一般不用作克隆载体的是
   A. 质粒 DNA   B. 大肠埃希菌 DNA   C. 病毒 DNA
   D. 噬菌体 DNA   E. 酵母人工染色体

23. 乳糖操纵子中,结合 RNA 聚合酶的 DNA 序列是
   A. 调节基因   B. 启动子   C. 操纵基因
   D. 结构基因   E. 乳糖

24. 抑癌基因 $p53$ 表达的蛋白质发挥生物学作用的部位是
   A. 细胞膜   B. 细胞液   C. 线粒体
   D. 微粒体   E. 细胞核

25. 表达产物具有蛋白功能的癌基因是
   A. sis 基因   B. src 基因   C. ras 基因
   D. myc 基因   E. myb 基因

26. 下列哪项是心脏病患者诱发心力衰竭最常见的原因
   A. 体力劳动和激动   B. 水电解质紊乱   C. 心律失常
   D. 感染   E. 出血

27. 血压 170/100mmHg 伴心肌梗死患者应诊断为高血压病
   A. 2 级(低危)   B. 2 级(中危)   C. 2 级(高危)
   D. 2 级(极高危)   E. 3 级(极高危)

28. 风湿性心脏瓣膜病中,哪一项最易引起晕厥
   A. 主动脉瓣狭窄   B. 主动脉瓣关闭不全   C. 二尖瓣狭窄
   D. 二尖瓣关闭不全   E. 三尖瓣关闭不全

29. 下列哪项与哮喘气流受限机制无关
   A. 支气管平滑肌收缩   B. 支气管壁水肿
   C. 管腔内黏液栓阻塞   D. 肺泡过度充气
   E. 气道壁重建

30. 早期肺脓肿易与以下哪种疾病混淆
   A. 细菌性肺炎   B. 支气管扩张   C. 空洞型肺结核
   D. 肺囊肿并感染   E. 肺梗死

31. 下列哪项对葡萄球菌肺炎的诊断最重要
   A. 全身毒血症状,咳嗽、咳脓血痰
   B. 白细胞计数增高,中性粒细胞增高,核左移有毒性颗粒
   C. X 线显示片状阴影伴有空洞和液平面
   D. 胞壁酸抗体测定
   E. 血细菌培养阳性

32. 关于十二指肠球后溃疡哪项不正确

A. 指发生在十二指肠球后壁的溃疡   B. 多出现夜间痛和背部放射痛

  C. 药物治疗效果差   D. 易并发出血

  E. 常规检查易漏诊

33. 肝硬化患者有贫血,与下列哪项因素无关

  A. 营养不良   B. 脾功能亢进   C. 肠道吸收障碍

  D. 血清胆红素升高   E. 胃肠道失血

34. 轻中型溃疡性结肠炎治疗的首选药物是

  A. 肾上腺皮质激素   B. 柳氮磺吡啶   C. 免疫抑制剂

  D. 抗生素   E. 乳酸杆菌制剂

35. 肾病综合征患者出现高脂血症的原因是

  A. 肝合成脂蛋白增加   B. 脂蛋白分解增加   C. 低白蛋白血症

  D. 高蛋白饮食   E. 高脂饮食

36. 关于葡萄糖耐量试验,下列哪项错误

  A. 应在清晨禁食 8～10 小时后进行

  B. 成人口服 75g 无水葡萄糖或 82.5g 含一分子水的葡萄糖

  C. 葡萄糖溶于 250～300ml 水中,5 分钟内饮完

  D. 分别测空腹及服糖后 2 小时静脉血浆葡萄糖

  E. 儿童服糖量与成人相同

37. 下列哪项不符合再生障碍性贫血

  A. 发热、贫血、出血倾向   B. 骨髓增生低下

  C. 肝脾大   D. 无淋巴结肿大

  E. 红系、粒系或巨核系有二系以上减少

38. 下列有关霍奇金病的分期依据,错误的是

  A. 病变位于横膈的两侧   B. 累及几组淋巴结

  C. 瘤细胞的分化程度   D. 病变范围的大小

  E. 累及淋巴结外器官的情况

39. 关于水、电解质和酸碱平衡失调的治疗,下列正确的是

  A. 5％碳酸氢钠是临床上最常用的等渗碱性溶液

  B. 10％葡萄糖酸钙不能直接静脉注射

  C. 即使是重度脱水,也不必补充胶体溶液

  D. 低钾血症难以纠正时,应考虑在补钾的基础上补镁

  E. 纠正呼吸性酸中毒的主要措施是补充 THAM

40. 下列哪种手术不属择期手术

  A. 胃十二指肠溃疡的胃大部分切除术   B. 甲状腺功能亢进的甲状腺次全切除术

  C. 下肢静脉曲张高位结扎术   D. 先心病房间隔缺损修补术

  E. 贲门癌根治术

41. 甲状腺术后最危急的并发症是

  A. 甲状腺危象   B. 手足抽搐   C. 喉返神经损伤

  D. 喉上神经损伤   E. 术后呼吸困难和窒息

42. 乳腺癌血运远处转移最常见于

A. 肺　　　　　B. 骨　　　　　C. 肝　　　　　D. 胃　　　　　E. 脑

43. 腹部闭合性损伤患者,最有价值的症状体征是
   A. 腹部压痛　　　　　　　　B. 腹膜刺激征　　　　　　C. 肠鸣音亢进
   D. 肠鸣音减弱　　　　　　　E. 恶心、呕吐

44. 直肠内镜检查最危险的并发症是
   A. 直肠出血　　　　　　　　B. 肛门撕裂　　　　　　　C. 直肠穿破
   D. 内痔出血　　　　　　　　E. 交叉感染

45. 食管胃底曲张静脉破裂出血最有效的非手术止血方法是
   A. 输血　　　　　　　　　　　　　B. 三腔管压迫
   C. 注射维生素 K 或其他止血剂　　　D. 垂体后叶素静脉点滴
   E. 去甲肾上腺素盐水溶液口服

46. 下列哪一项不是胆囊切除的适应证
   A. 胆囊积脓　　　　　　　　B. 胆囊积液　　　　　　　C. 急性胆囊炎
   D. 胆道蛔虫症　　　　　　　E. 胆囊结石

47. 诊断成人腰椎结核最可靠的依据是
   A. 低热、盗汗、乏力和食欲下降　　　B. 贫血、血沉加快
   C. 腰痛、拾物试验阳性　　　　　　　D. X 线片示椎间隙狭窄,椎体边缘模糊
   E. 结核菌素试验阳性

48. 股骨颈骨折各类型中预后最好的是
   A. 头下骨折　　　　　　　　B. 经股骨颈骨折　　　　　C. 基底骨折
   D. 内收骨折　　　　　　　　E. 外展骨折

49. 关于桡骨下端 Colles 骨折,下列哪项是错误的
   A. 多为间接暴力引起
   B. 正面看呈"枪刺样"畸形
   C. 可合并下尺桡关节脱位
   D. 骨折远端向桡、掌侧移位,近端向背侧移位
   E. 治疗以手法复位外固定治疗为主

50. 桡神经损伤可导致
   A. Froment 征
   B. 爪形手畸形
   C. 垂腕畸形
   D. 手指内收、外展障碍
   E. 拇指和示、中指屈曲及拇指对掌功能障碍

A₂ 型 题

答题说明(51~80 题)
每一道题是以一个病例或一种复杂情况出现的,其下面都有 A、B、C、D、E 5 个备选答案。请从中选择一个最佳答案,并写在答题纸上。

51. 在膜蛋白的帮助下,某些蛋白质分子选择性地进入细胞的物质跨膜转运方式是

A. 原发性主动转运　　　　　B. 继发性主动转运　　　　C. 经载体易化扩散

D. 受体介导入胞　　　　　　E. 液相入胞

52. 某患者,因肾上腺皮质功能不足,排除水分的能力大为减弱,而出现"水中毒",现补充下列哪种激素可缓解症状

A. 胰岛素　　　　　　　　　B. 糖皮质激素　　　　　　　C. 醛固酮

D. 肾上腺素　　　　　　　　E. 胰高血糖素

53. 胃大部切除的患者出现严重贫血,表现为外周血巨幼红细胞增多,其主要原因是下列哪项减少

A. HCl　　　　　　　　　　B. 内因子　　　　　　　　　C. 黏液

D. HCO_3^-　　　　　　　　　E. 胃蛋白酶原

54. 某男,因外伤后发生脊休克,脊髓反射减弱或消失,其原因是

A. 损伤性刺激对脊髓的抑制作用

B. 脊髓中的反射中枢被破坏

C. 离断的脊髓突然失去了高级中枢的调节作用

D. 失去了网状结构易化区的始动作用

E. 血压下降导致脊髓缺血

55. 患者空腹血糖 11.1mmol/L(200mg/d1),尿糖阳性,多食、多饮、多尿,患者尿量增多的原因是

A. 抗利尿激素分泌减少　　　B. 抗利尿激素分泌增多　　　C. 水利尿

D. 渗透性利尿　　　　　　　E. 水利尿与渗透性利尿

56. 男性,18 岁,突感右下腹痛,并有发热(38.5℃),右下腹有压痛及反跳痛,诊断为急性阑尾炎,切除阑尾送病理检查,阑尾各层有以中性粒细胞为主的炎症细胞浸润,阑尾壁有脓液形成,阑尾表面有少量纤维素性化脓性渗出,此阑尾炎是

A. 急性渗出性炎　　　　　　B. 急性坏死性炎　　　　　　C. 急性化脓性炎

D. 急性变质性炎　　　　　　E. 急性出血性炎

57. 男性,40 岁,高血压病史 11 年,未经治疗。近半年血压显著升高(180～170/130～120mmHg),近 1 个月来出现尿毒症,符合患者肾病变的是

A. 肾动脉粥样硬化　　　　　　　　B. 肾细动脉纤维素样坏死

C. 肾小动脉淀粉样变　　　　　　　D. 肾小动脉炎细胞浸润

E. 肾弓形动脉粥样硬化

58. 女性,28 岁,发现乳腺肿物近 1 年,逐渐增大,现已有 1.8～2cm,圆形。手术所见此肿物包膜清楚,完全摘除。切面区白色,编织样,其中似有黄色点状病变。组织学上包膜清,肿瘤由纤维及腺体组成。两者分化均良好,无明显异型性。请问此病应诊断为

A. 乳腺癌　　　　　　　　　B. 乳腺肉瘤　　　　　　　　C. 乳腺纤维腺瘤

D. 乳腺平滑肌瘤　　　　　　E. 乳腺平滑肌肉瘤

59. 女性,25 岁,近 2 周来,食欲下降,恶心,乏力,皮肤、巩膜黄染,肝区疼痛,肝功能检查:ALT100U/L,血总胆红素 307.8μmol/L(180mg/L),HBsAg(＋)。肝穿刺检查,组织学改变有:弥漫性肝细胞水肿,Kupffer 细胞增生,局灶性肝细胞脂肪变性,肝小叶内淋巴细胞浸润,肝细胞点灶状坏死,病变符合

A. 急性重型肝炎　　　　　　B. 亚急性重型肝炎　　　　　C. 急性轻型肝炎

D. 轻度慢性肝炎   E. 中度慢性肝炎

60. 男性,60岁,无痛性血尿半年余。膀胱镜检查,膀胱三角区可见一乳头状肿物,有蒂。活检报告为乳头状瘤。符合此诊断的病变是

   A. 可见鳞状细胞团   B. 可见腺体

   C. 乳头被覆分化好的移行细胞   D. 乳头被覆分化好的腺上皮

   E. 乳头被覆分化好的鳞状上皮

61. 将病毒 RNA 的核苷酸顺序的信息,在宿主体内转变为脱氧核苷酸顺序的过程是

   A. 复制   B. 转录   C. 反转录   D. 翻译   E. 翻译后加工

62. 基因治疗的主要障碍涉及同源基因置换十分困难,下面哪项是针对这一难题

   A. 含有互补 DNA 序列以易化特异性位点重组作用的重组载体

   B. 表达反义核苷酸针对与靶 mRNA 杂交的重组载体

   C. 以具功能性人基因置换非必需的病毒基因重组载体

   D. 以重组载体转染患者细胞,再把转染细胞回输患者

   E. 含有表达靶向溶酶体蛋白质的 DNA 序列重组载体

63. 某蛋白质有 100 个氨基酸残基,其基因有 2 个外显子。外显子之间相隔 100bp,其 mRNA 5′和 3′端分别有 70 个和 30 个核苷酸的不翻译区段,从该成熟 mRNA 获得的 cDNA 大小与哪一项相符

   A. 500bp   B. 400bp   C. 300bp   D. 100bp   E. 70bp

64. 一心肌梗死患者乳酸脱氢酶(LDH)正常,要检查 LDH 同工酶,已知 LDH 是四聚体,由 2 种不同亚基组成,假设各种可能组合都出现,可测到几种同工酶

   A. 2 种   B. 3 种   C. 4 种   D. 5 种   E. 6 种

65. 阿片样肽-促黑素-促皮质素原(POMC)基因编码多种作用于垂体的调节蛋白,在不同的脑区,由该基因编码的蛋白质具有不同的 C-末端肽,下述哪一种叙述是最佳的解释

   A. POMC 转录在不同脑区由不同的因子调节

   B. POMC 翻译的延长作用在不同脑区由不同的因子调节

   C. POMC 转录在不同脑区有不同的增强子

   D. POMC 蛋白在不同脑区有不同的加工过程

   E. POMC 蛋白在不同脑区形成不同的别构复合物

66. 男性,56岁,高血压、糖尿病病史 3 年,发作性胸前区剧烈疼痛 4 小时,伴出汗、乏力入院,入院后检查 BP 140/80 mmHg,HR 90 次/分,律齐,双肺底少量湿性啰音,ECG 见 $V_2 \sim V_5$ ST 段抬高弓背向上,诊断为急性心肌梗死,首选以下哪项治疗方案

   A. 静脉溶栓治疗

   B. 抗心绞痛、抗血小板治疗

   C. 低分子肝素＋噻氯匹定＋阿司匹林

   D. 急性心肌梗死保守治疗

   E. 立即冠脉搭桥

67. 女,36岁。下腹痛、腹泻、黏液血便 8 个月。贫血、血沉 32mm/h。钡剂灌肠检查见左侧结肠缩短,结肠袋消失,呈"铅管状"。最可能的诊断为

   A. 肠结核   B. Crohn 病   C. 结肠癌

   D. 溃疡性结肠炎   E. 肠易激综合征

68. 18 岁男性患者,双下肢水肿伴尿少 8 天,血压 150/105mmHg,尿红细胞(＋＋＋),尿蛋白(＋＋＋),血肌酐 210μmol/L,下列何种疾病的可能性最小

    A. 急性肾小球肾炎　　　　　　　　B. 急进性肾小球肾炎

    C. 慢性肾小球肾炎急性发作　　　　D. 狼疮性肾炎

    E. 隐匿性肾小球肾炎

69. 30 岁女性患者,突发畏寒、发热 39℃,伴腰痛、尿频、尿痛,有双肋脊角压痛与叩痛,尿蛋白(＋),白细胞(＋＋＋),白细胞管型 1～3/Hp,血肌酐 89μmol/L,清洁中段尿培养有大肠埃希菌生长,菌落计数＞10^5/ml,白细胞 15.6×10^9/L,中性粒细胞 0.85。本例最可能的诊断是

    A. 急性膀胱炎　　　　　B. 急性肾盂肾炎　　　　C. 慢性肾盂肾炎

    D. 肾结核　　　　　　　E. 慢性肾盂肾炎急性发作

70. 女,11 岁,双下肢出现散在瘀斑,伴有陈旧性出血点。查:Hb 136g/L,WBC 8.0×10^9/L,PLT 50×10^9/L,骨髓检查巨核细胞 150 个/片,有成熟障碍,首选的治疗是

    A. 输血小板　　　　　　B. 酚磺乙胺　　　　　　C. 糖皮质激素

    D. 免疫抑制剂　　　　　E. 脾切除术

71. 男性,33 岁。反复高热 1 个月伴盗汗,浅表淋巴结未触及肿大,肝不大,脾肋下 2 指,血象正常。腹部 CT 示:脾内见数个 1.5cm×2.0cm 大小的占位性病变,疑诊淋巴瘤。若明确诊断应做何检查

    A. 骨髓穿刺　　　　　　　　　　　B. 正电子发射计算机体层显像(PET)

    C. B 超引导下脾穿刺病理学检查　　D. 血染色体易位检查

    E. *bcl-2* 基因检查

72. 女,24 岁,在春季旅游中途中胸闷,呼吸困难,全身大汗。体查:唇稍发绀,呼吸急促,双肺满布干啰音,心率 90 次/分,律齐。过去曾有类似发作,休息后自行缓解。下列诊断哪项可能性最大

    A. 过敏性休克　　　　　B. 支气管哮喘　　　　　C. 喘息性支气管炎

    D. 心源性哮喘　　　　　E. 变态反应性肺浸润

73. 女,30 岁,发现颈前肿大已 2 年,无甲亢症状,TT_3、TT_4 正常,甲状腺Ⅱ度肿大,右大于左,表面似有小结节,无压痛。下列检查中哪项对鉴别诊断无帮助

    A. T_3 抑制试验　　　　　B. 甲状腺摄碘率　　　　C. 甲状腺扫描

    D. 甲状腺自身抗体测定　　E. 甲状腺细针穿刺做细胞学检查

74. 女,45 岁,经检查诊断为急性胆囊炎,胆石症并发梗阻性化脓性胆管炎,患者血压偏低,躁动不安,最好的处理是

    A. 短时期的术前准备行胆总管探查引流术

    B. 快速输液纠正水、电解质失衡,等待休克恢复

    C. 立即给镇静剂,输液,给升压药及大剂量抗生素保守治疗

    D. 即行单纯胆囊造口术

    E. 即行胆囊切除术及胆总管切开探查术

75. 患者,男性,47 岁,3 小时前在劳动中无明显诱因突然出现上腹部剧烈刀割样疼痛,迅速遍及全腹,不敢直腰走路。肝浊音界消失,全腹有明显的腹膜刺激征,肠鸣音消失。最可能的诊断是

A. 胃十二指肠溃疡穿孔　　　　　　　　B. 胆囊穿孔腹膜炎

    C. 急性阑尾炎穿孔腹膜炎　　　　　　　D. 绞窄性肠梗阻

    E. 急性重症胰腺炎

76. 女性,34 岁,阵发性腹痛 4 天,伴有恶心、呕吐,起病以来肛门未排便排气,3 年前因胆囊结石行胆囊切除术,正值月经中期。查体:脉搏 120 次/分,血压 90/60mmHg,腹饱满,右侧腹部较对侧膨隆,有压痛、反跳痛及肌紧张。右下腹腔穿刺抽出少量暗红色液体。血红蛋白 110g/L,最可能的诊断是

    A. 绞窄性肠梗阻　　　　　　　　　　　B. 宫外孕,输卵管妊娠破裂

    C. 急性阑尾炎穿孔,腹膜炎　　　　　　D. 卵巢囊肿蒂扭转

    E. 十二指肠溃疡穿孔

77. 男,58 岁,便暗红色血便 1 周,直肠指检距肛门 4cm 处有 3cm×3cm 肿块,病理报告为直肠腺癌,应选择哪种手术方式

    A. 腹直肠癌切除术　　　　　　　　　　B. 腹会阴联合直肠癌根治切除术

    C. 拉下式直肠癌切除术　　　　　　　　D. 保留肛门,直肠癌根治切除术

    E. 姑息性切除,乙状结肠造口

78. 女性,55 岁,发现右乳肿块 1 周。查体:右乳外上象限可及 1.5cm×1.0cm 质硬肿物,活动度小。确定肿块性质最可靠的方法是

    A. 针吸细胞学检查　　　B. 钼靶 X 线法检查　　　C. B 型超声波检查

    D. 放射性核素扫描检查　　　E. 活组织冷冻切片检查

79. 女,46 岁,右腰部外伤后疼痛伴肉眼血尿 4 小时;查体:血压 150/75mmHg,脉搏 100 次/分,尿常规红细胞满视野,可能的诊断是

    A. 肾盂广泛裂伤　　　　　　　　　　　B. 肾挫裂伤合并输尿管断裂

    C. 肾挫裂伤　　　　　　　　　　　　　D. 肾被膜下损伤合并肾周血肿

    E. 肾血管断裂

80. 精索静脉曲张多见于左侧的原因,哪项应除外

    A. 左侧的精索内静脉行程较长,并垂直进入左肾静脉,因而血流阻力较大

    B. 左侧精索静脉受到前方乙状结肠压迫

    C. 肠系膜上动脉和主动脉在搏动时压迫左肾内静脉回流

    D. 精索内静脉周围的结缔组织薄弱,瓣膜功能不健全,左侧受影响尤为明显

    E. 下尿路梗阻时,可发生左侧精索静脉曲张

B 型 题

答题说明(81～100 题)

A、B、C、D、E 是备选答案,81～100 是考题。

答题时注意:如果这道题只与答案 A 有关,则请将 A 写在答题纸上;如果这道题只与答案 B 有关,则请将 B 写在答题纸上;余类推。每一答案可以选择一次或一次以上,也可以一次也不选择。

    A. 酸度增加　　　　　　B. 酸度降低　　　　　　C. Hb 的 Fe^{2+} 氧化成 Fe^{3+}

    D. 低氧　　　　　　　　E. CO 中毒

81. 能阻碍血红蛋白携 O_2，但不阻碍氧合血红蛋白释 O_2 的是

82. 既妨碍血红蛋白与 O_2 结合，又妨碍血红蛋白与 O_2 解离的是

    A. 促胃液素   B. 缩胆囊素   C. 促胰液素

    D. 抑胃肽   E. 促胃动素

83. 可促进胆囊收缩和胰酶分泌的胃肠激素是

84. 可促进胰腺和肝脏分泌 $NaHCO_3$ 的主要胃肠激素是

    A. 下列各项都有   B. 肝细胞变性   C. 肝细胞坏死

    D. 肝细胞再生   E. 纤维组织增生

85. 急性普通型肝炎的病变主要是

86. 槟榔肝的肝小叶内，肝细胞可有

    A. Osler 结节   B. Negri 小体   C. Aschoff 小体

    D. 环形红斑   E. McCallum 斑

87. 风湿性心内膜炎

88. 亚急性感染性心内膜炎皮肤表现

    A. 抗药性选择   B. 分子克隆   C. 反转录

    D. 分子杂交   E. 体外翻译

89. 鉴定是否无质粒转入受体菌的方法是

90. 直接选择并鉴定有无目的基因的较常用方法是

    A. 肾上腺素   B. 特布他林   C. 雷尼替丁

    D. 氯苯那敏   E. 奥美拉唑

91. 阻断 H_2 受体而治疗消化性溃疡的药物是

92. 抑制胃壁细胞分泌 H^+ 而治疗消化性溃疡的药物是

    A. 经蝶窦切除垂体微腺瘤   B. 垂体放疗

    C. 一侧肾上腺肿瘤摘除   D. 开颅手术＋垂体放疗

    E. 一侧肾上腺全切＋另侧肾上腺大部切除，术后作垂体放疗

93. 垂体性发现— 6.8mm×7.5mm 大小腺瘤

94. 垂体手术未发现肿瘤而临床症状严重的 Cushing 病

    A. CHOP   B. DA   C. 苯丁酸氮芥

    D. MOPP   E. 维 A 酸

95. 治疗急性早幼粒细胞白血病

96. 治疗急性非淋巴细胞白血病

    A. 四肢硬瘫   B. 四肢软瘫

    C. 上肢软瘫，下肢硬瘫   D. 上肢完好，下肢软瘫

    E. 上肢完好，下肢硬瘫

97. 上颈椎损伤可引起

98. 下颈椎损伤可引起

    A. 十二指肠球部溃疡   B. 胰源性溃疡   C. 浅表性胃炎

D. 胃窦部溃疡   E. 胃窦癌

99. Billroth Ⅱ式胃大部切除术适用于

100. Billroth Ⅰ式胃大部切除术适用于

C 型 题

答题说明(101~120题)

  A、B、C、D 是备选答案,101~120 是考题。

  答题时注意:如果这道题只与答案 A 有关,则请将 A 写在答题纸上;如果这道题只与答案 B 有关,则请将 B 写在答题纸上;如果这道题与答案 A 和 B 都有关,则请将 C 写在答题纸上;如果这道题与答案 A 和 B 都无关,则请将 D 写在答题纸上。

    A. HbO_2 释放 O_2 的部分   B. Hb 与 O_2 的结合部分

    C. 两者都是   D. 两者都不是

101. 氧离曲线的上段可认为是

102. 氧离曲线的下段可认为是

    A. 血中中性粒细胞增多   B. 单核巨噬细胞明显增生

    C. 两者均有   D. 两者均无

103. 伤寒病

104. 化脓性阑尾炎

    A. 弥漫性间质纤维化   B. 肉芽肿形成

    C. 两者均有   D. 两者均无

105. 矽肺

106. 支气管哮喘

    A. 读码框移   B. 氨基酸置换

    C. 两者均是   D. 两者均非

107. 点突变可导致

108. 缺失或插入突变可导致

    A. 共价结合   B. 非共价结合

    C. 两者均是   D. 两者均非

109. 受体与配体的结合

110. 酶与底物的结合

    A. 应用吗啡   B. 加压吸氧

    C. 两者均有   D. 两者均无

111. 急性肺水肿

112. 支气管哮喘

    A. 发病前可有上呼吸道感染等感染因素   B. 血尿

    C. 两者皆有   D. 两者皆无

113. 急性链球菌感染后肾小球肾炎

114. IgA 肾病

    A. 乳头血性溢液   B. 乳头黄绿色或浆液性溢液

    C. 两者均有   D. 两者均无

115. 乳腺囊性增生病可有

116. 乳管内乳头状瘤可有

    A. 细菌性肝脓肿   B. 门静脉炎

    C. 两者均可   D. 两者均不可

117. 急性阑尾炎时可并发

118. 急性化脓性胆管炎时可并发

    A. X 线胸片病变部位透亮度增加   B. X 线胸片病变部位肺纹理消失

    C. 两者均有   D. 两者均无

119. 气胸

120. 肺大疱

X 型 题

答题说明(121~160 题)

下列 A、B、C、D 4 个选项中,至少有一个答案是正确的。请您根据题意,有几个正确选项,便在答题纸上将相应题号的相应字母写上,多选或少选均不得分。

121. 经通道易化扩散完成的生理过程有

    A. 静息电位的产生   B. 动作电位去极相的形成

    C. 动作电位复极相的形成   D. 局部反应的产生

122. 心交感神经兴奋后,对心肌细胞的影响是

    A. 肌质网释放 Ca^{2+} 减少

    B. 平台期 Ca^{2+} 内流减少

    C. 自律细胞 4 期 If 电流减少

    D. P 细胞动作电位 0 期速度和幅度加大

123. 与副交感神经相比,交感神经的特点是

    A. 节前纤维长,节后纤维短   B. 起源相对集中,分布广泛

    C. 节前与节后纤维联系辐散程度较大   D. 安静情况下,紧张性活动较强

124. 下列哪些激素在生理情况下能促进胰岛素的分泌

    A. 生长抑素   B. 抑胃肽

    C. 促胃液素   D. 胰高血糖素

125. 感受器的一般生理特性是

    A. 都有各自的适宜刺激

    B. 能把刺激能量转换为传入神经的动作电位

    C. 能对环境变化的信息进行编码

    D. 对恒定刺激有适应现象

126. 下列关于神经纤维传导速度的叙述,正确的是

A. 纤维直径越大,传导速度越快

B. 有髓纤维较无髓纤维传导速度快

C. 髓鞘越薄,传导速度越快

D. 温度在一定范围内升高,传导加快

127. 激素到达靶细胞的途径可

A. 由血液运输

B. 由细胞外液运输

C. 由神经纤维运送

D. 由特定管道运送

128. 关于肥大,下列描述正确的有

A. 肥大可伴化生

B. 妊娠子宫增大为肥大伴增生

C. 组织和器官的肥大时其功能增强

D. 肥大器官超过其代偿能力常导致失代偿

129. 营养不良性钙化可见于

A. 动脉粥样硬化

B. 坏死性胰腺炎

C. 甲状旁腺功能亢进时的肾小管

D. 亚急性细菌性心内膜炎

130. 关于炎症,下列描述哪些不正确

A. 炎症反应均对机体有利

B. 任何机体均可发生炎症

C. 炎症是一种防御反应

D. 损伤必然导致炎症

131. 下列哪种组织的再生是由既存细胞组织的延长所构成的

A. 神经纤维

B. 肌腱

C. 毛细血管

D. 横纹肌细胞

132. 下列关于原发性肺结核的描述,哪些是正确的

A. 指初次感染结核菌而在肺内发生的病变

B. 原发综合征形成

C. 原发灶及淋巴结可发生干酪样坏死

D. 可发生血行播散到各器官

133. HIV 可以感染的细胞有

A. $CD4^+T$ 细胞

B. 单核巨噬细胞

C. B 细胞

D. 树突状细胞

134. 慢性萎缩性胃炎的肉眼病变为

A. 胃黏膜薄而平滑

B. 黏膜呈褐色

C. 黏膜表面呈细颗粒状

D. 黏膜下血管分支清晰可见

135. 关于组成蛋白质的氨基酸结构,正确的说法是

A. 在 α-碳原子上都结合有氨基或亚氨基

B. 所有的 α-碳原子都是不对称碳原子

C. 组成人体的氨基酸都是 L 型结构

D. 脯氨酸是唯一的一种亚氨基酸

136. 同工酶的特点是

A. 肽链的一级结构不同,理化性质不同

B. 分子结构和理化性质相同而分布不同

C. 分子的结构不同而理化性质相同

D. 同工酶的最适反应温度不同

137. DNA 复制需要

A. DNA 聚合酶
B. RNA 聚合酶

C. DNA 连接酶
D. 解链酶

138. 操纵子学说是原核生物基因调控的重要方式。主要为负调控方式的是

A. 乳糖操纵子
B. 色氨酸操纵子

C. 阿拉伯操纵子
D. 葡萄糖操纵子

139. 真核细胞内 mRNA 转录后加工包括

A. 5′加帽结构
B. 去除内含子拼接外显子

C. 3′端加多聚 A 尾
D. 3′端加-CCA-OH

140. 蛋白质变性作用的特点是

A. 蛋白质的空间结构被破坏
B. 丧失生物学功能

C. 肽键断裂
D. 易发生沉淀

141. 与亚急性感染性心内膜炎发病有关的因素包括

A. 血流动力学改变
B. 暂时性菌血症

C. 血液的高凝状态
D. 细菌感染无菌性赘生物

142. 下列选项中,属于血源性金黄色葡萄球菌肺炎特点的是

A. 两肺多发性结节阴影,以两下肺为著

B. 可有脓疡、空洞形成,且变化迅速

C. 在形成大片渗出时,经常有支气管充气征

D. 早期的肺部体征明显,可出现管状呼吸音

143. 心包压塞体征包括

A. 发绀
B. 心包摩擦音

C. 颈静脉怒张
D. 脉速,脉压小

144. 下列具有肾保护作用,能延缓肾功能恶化的降压药物有

A. 贝那普利
B. 氯沙坦

C. 氨氯地平
D. 阿替洛尔

145. 长春新碱治疗急性淋巴细胞白血病时的主要不良反应有

A. 肝功能损害
B. 肾功能损害

C. 末梢神经炎
D. 便秘

146. 下列关于特发性血小板减少性紫癜的描述,错误的有

A. 急性型 ITP 与感染因素有关
B. 血小板寿命缩短

C. 骨髓巨核细胞总数减少
D. 急性型 ITP 多见于年轻女性

147. 关于慢性肺源性心脏病胸部 X 线所见,下列哪些是正确的

A. 右下肺动脉干扩张,其横径≥15mm

B. 右下肺动脉干横径与气管横径比≥1.07

C. 肺动脉段突出高度≥3mm

D. 右心室增大

148. 关于肺癌的临床表现,下列哪些不正确
    A. 肺癌转移至淋巴结的典型部位为前斜角肌区
    B. 转移淋巴结的大小反映了病程的早晚
    C. 咯血以周围型肺癌多见
    D. 发热的原因多为肿瘤继发感染

149. 以下哪些属于溃疡性结肠炎的手术适应证
    A. 中毒性巨结肠   B. 肠穿孔
    C. 癌变   D. 暴发型溃疡性结肠炎

150. 中性粒细胞碱性磷酸酶活性明显增高见于
    A. 慢性粒细胞白血病   B. 类白血病反应
    C. 急性粒细胞白血病   D. 急性淋巴细胞白血病

151. 下列哪些急腹症在诊断有困难时可采用诊断性腹腔穿刺
    A. 机械性肠梗阻   B. 腹腔内出血
    C. 消化道大出血   D. 急性腹膜炎

152. 输血后的非溶血性发热反应主要出现在
    A. 反复输血   B. 经产妇
    C. 儿童   D. 低蛋白血症

153. 严重缺水并出现酸中毒时,治疗包括
    A. 解除病因   B. 补充血容量
    C. 纠正酸中毒   D. 补充钾盐

154. 下列有关脊髓型颈椎病,正确的有
    A. 约占颈椎病的 50%
    B. 多发生于下颈段
    C. 痛觉和温度觉分离
    D. 四肢乏力、行走及持物不稳常为最先出现的症状

155. 下面关于膀胱癌的叙述,正确的有
    A. 50%的患者 5 年内复发
    B. 首先出现的症状是肾功能不全
    C. 首先发生骨盆淋巴转移
    D. 复发者往往恶性度更高

156. 肾损伤早期手术的适应证是
    A. 血尿加重   B. 血压升高
    C. 腰部包块持续增大,疼痛加重   D. B 超肾包膜下血肿

157. 肺癌的肺外表现包括
    A. 侵犯喉返神经引起声嘶   B. 膈肌麻痹
    C. 重症肌无力   D. 男性乳腺发育

158. 器官移植前,需做的特殊检查是
    A. 血型   B. 交叉配合与细胞毒性试验
    C. 混合淋巴细胞培养   D. HLA 配型

159. 诊断性腹腔穿刺的适应证有

    A. 急性胰腺炎   B. 急性腹膜炎原因不清

    C. 急性胆囊炎   D. 急性低位肠梗阻

160. 急性胆囊炎的症状及体征有

    A. 黄疸   B. 右上腹痛

    C. 寒战高热   D. Murphy 征阳性

同等学力人员申请硕士学位临床医学学科综合水平全国统一考试模拟试卷三

A₁ 型 题

答题说明(1～50题)

每一道题下面有 A、B、C、D、E 5 个备选答案。在答题时,只需从中选择一个最合适的答案,写在答题纸上。

1. 神经细胞处于静息状态时
   A. 仅有少量 K⁺ 外流   B. 仅有少量 Na⁺ 内流
   C. 没有 K⁺ 和 Na⁺ 的净扩散   D. 有少量 K⁺ 外流和 Na⁺ 内流
   E. 有少量 K⁺ 和 Na⁺ 的同向流动

2. 肌肉收缩中的后负荷主要影响肌肉的
   A. 兴奋性   B. 初长度   C. 传导性
   D. 收缩力量   E. 收缩性

3. 父母一方为 A 型,另一方为 B 型,其子女可能的血型为
   A. 只有 AB 型   B. 只有 A 型或 B 型
   C. 只可能是 A 型、B 型、AB 型   D. A 型、B 型、AB 型、O 型都有可能
   E. 只可能是 AB 型或 O 型

4. 静脉注射乙酰胆碱后,心排血量减少的主要原因是
   A. 心肌细胞传导减慢   B. 心肌收缩力减弱   C. 心率减慢
   D. 静脉回流减慢   E. 后负荷增大

5. 关于动脉血压的叙述,下列哪一项是正确的
   A. 心室收缩时,血液对动脉管壁的侧压称为收缩压
   B. 平均动脉血压是收缩压和舒张压的平均值
   C. 动脉血压均随年龄的增长而变化
   D. 其他因素不变时,心率加快使脉压增大
   E. 动脉血压偏离正常水平愈远,压力感受器纠正异常血压的能力愈强

6. 心交感神经节后纤维释放的神经递质是
   A. 乙酰胆碱   B. 去甲肾上腺素   C. 血管紧张素Ⅱ
   D. 血管升压素   E. 缓激肽

7. 下列各项中,能较好地反映肺通气功能好坏的指标是
   A. 肺活量   B. 用力呼气量   C. 补吸气量
   D. 补呼气量   E. 肺扩散容量

8. 下列有关氧解离曲线的上段的描述,错误的是

A. 为 PO_2 60~100mmHg 的部分

B. 表明低氧环境（如高原）不至于使人发生低氧血症

C. 可解释 VA/Q 不匹配时增加通气量无助于摄 O_2

D. 代表 Hb 向组织释放 O_2 的储备部分

E. 这个范围内 PO_2 的变化对 Hb 氧饱和度影响不大

9. 在消化期促进肝细胞分泌胆汁最重要的刺激是

    A. 缩胆囊素   B. 促胰液素   C. 胆盐

    D. 盐酸   E. 迷走神经兴奋

10. 下列哪项不是消化道的癌前病变

    A. 口腔黏膜白斑   B. 慢性萎缩性胃炎   C. 结肠多发性息肉

    D. 慢性胃溃疡   E. 慢性溃疡性结肠炎

11. 下列有关肺癌的描述中，哪项不正确

    A. 鳞癌最多见   B. 小细胞癌多呈弥漫型

    C. 部分大细胞癌呈神经内分泌化   D. 腺癌多为中央型

    E. 鳞状细胞癌多发生于段以上支气管

12. 早期硅结节中的细胞是

    A. 大量巨噬细胞   B. 大量淋巴细胞   C. 大量浆细胞

    D. 大量成纤维细胞   E. 大量嗜酸性粒细胞

13. 在门脉性与坏死后性肝硬化病变的区别中，不包括下列哪一项

    A. 假小叶的大小   B. 纤维间隔的厚薄   C. 炎细胞浸润的轻重

    D. 肝内小血管改建的有无   E. 肝细胞坏死的多少

14. 慢性胃溃疡最常见的并发症是

    A. 幽门狭窄   B. 穿孔   C. 出血

    D. 癌变   E. 粘连

15. 甲状腺癌中，下列哪一种最常见

    A. 滤泡性腺癌   B. 乳头状腺癌   C. 髓样癌

    D. 梭形细胞癌   E. 巨细胞癌

16. 慢性胃炎时,胃黏膜上皮转变为含有潘氏细胞或杯状细胞的小肠或大肠上皮组织属于

    A. 萎缩   B. 增生   C. 化生

    D. 肥大   E. 变性

17. 下列氨基酸中含有羟基的是

    A. 苯丙氨酸、酪氨酸   B. 丝氨酸、苏氨酸   C. 谷氨酸、天冬酰胺

    D. 半胱氨酸、甲硫氨酸   E. 亮氨酸、缬氨酸

18. 下列关于 DNA T_m 值的叙述哪一项是正确的

    A. 只与 DNA 链的长短有直接关系   B. 与 G-C 对的含量有关

    C. 与 A-T 对的含量成正比   D. 与碱基对的成分无关

    E. 在所有的真核生物中都一样

19. 酶的特异性是指

    A. 酶与辅酶特异地结合   B. 酶对其所催化的底物有特异的选择性

C. 酶在细胞中的定位是特异性的   D. 酶催化反应的机制各不相同

    E. 在酶的分类中各属不同的类别

20. 变构调节的机制是

    A. 变构效应剂与酶分子结合后,可稳定其构象

    B. 变构效应剂与酶活性中心结合而阻止底物的结合

    C. 变构效应剂与酶分子必需基团结合,而使酶活化

    D. 代谢终产物往往是该途径中关键酶的变构激活剂

    E. 变构效应剂与酶分子的调节部位结合,使酶分子变构而改变活性

21. 有关非竞争性抑制作用的论述,正确的是

    A. 不改变酶促反应的最大限度

    B. 改变表观 K_m 值

    C. 抑制剂与酶的活性中心结合

    D. 抑制剂与酶结合后,不影响酶与底物的结合

    E. 酶与底物、抑制剂可同时结合,但不影响其释放出产物

22. 以下反应属于 RNA 编辑的是

    A. 转录后碱基的甲基化

    B. 转录后产物的剪接

    C. 转录后产物的剪切

    D. 转录产物中核苷酸残基的插入、删除和取代

    E. 转录后不同产物之间的连接

23. 链霉素可抑制原核生物的蛋白质合成,其原因是

    A. 特异地抑制肽链延长因子 2(EFT2)的活性

    B. 与核蛋白体的大亚基结合,抑制转肽酶活性,而阻断翻译延长过程

    C. 与原核核蛋白体小亚基改变构象引起读码错误、抑制起始

    D. 间接活化一种核酸内切酶使 mRNA 降解

    E. 与原核核蛋白体大亚基结合,抑制转肽酶,妨碍转位

24. 乳糖操纵子中,阻遏蛋白识别的是

    A. P 序列   B. O 序列   C. I 基因

    D. Y 基因   E. Z 基因

25. 下列关于大肠埃希菌 DNA 聚合酶 I 的叙述哪一项是正确的

    A. 具有 $3' \rightarrow 5'$ 核酸外切酶活性   B. 具有 $5' \rightarrow 3'$ 核酸内切酶活性

    C. 可对复制和修复中出现的空隙进行填补   D. dUTP 是它的一种作用物

    E. 是唯一参与大肠埃希菌 DNA 复制的聚合酶

26. 在心脏功能的代偿机制中,哪项不引起心排血量增加

    A. 动脉血压升高   B. 心率增快   C. 心肌肥厚

    D. 钠水潴留   E. 抗利尿激素增加

27. β 受体阻断剂近年来在心功能不全的治疗中越来越受重视,下列哪种情况最适宜应用 β 受体阻断药

    A. 支气管哮喘   B. 严重主动脉瓣狭窄,心功能 3 级

    C. 病态窦房结综合征   D. 二度房室传导阻滞

E. 原发性高血压,心功能 3 级

28. 支气管扩张患者痰量与下列哪个因素有关
    A. 喝水的多少　　　　　　B. 季节　　　　　　　　C. 体位
    D. 合并肺结核　　　　　　E. 合并支气管哮喘

29. 肺炎的诊断程序不包括哪项
    A. 确定是上呼吸道感染还是下呼吸道感染
    B. 把肺炎与其他类似肺炎的疾病区别开来
    C. 评估严重程度
    D. 肺功能检测
    E. 确定病原体

30. 反映肝硬化纤维化的试验是
    A. 血清乳酸脱氢酶升高　　　　　　B. 血清单胺氧化酶升高
    C. 血浆白蛋白降低　　　　　　　　D. 谷草转氨酶升高
    E. 血清胆固醇升高

31. 慢性消化性溃疡的发生与下列哪项因素无关
    A. 迷走神经兴奋性降低　　　　　　B. 胃的壁细胞分泌胃酸增多
    C. 促胃液素瘤分泌促胃液素样物质　　D. 胆汁排入十二指肠增多
    E. 胃窦部 G 细胞分泌促胃液素亢进

32. 结核性腹膜炎最常见的并发症是
    A. 急性穿孔　　　　　　B. 腹腔脓肿　　　　　　C. 肠瘘
    D. 肠梗阻　　　　　　　E. 粪瘘

33. 有关慢性粒细胞白血病,下列哪项是错误的
    A. 晚期骨髓内纤维组织增多
    B. 中性粒细胞碱性磷酸酶慢性期增多,急性期下降
    C. 骨髓中原始细胞<10%,而以中晚幼粒细胞为主
    D. 血清维生素 B_{12} 浓度增高
    E. 周围血中中性粒细胞百分数增多

34. 铁缺乏时,供给骨髓造血用的铁是
    A. 血红蛋白铁　　　　　B. 肌红蛋白铁　　　　　C. 易变池铁
    D. 贮存铁　　　　　　　E. 运转中的铁

35. 尿检中有较多的白细胞管型多见于
    A. 急性肾炎　　　　　　B. 慢性肾炎　　　　　　C. 肾盂肾炎
    D. 肾病综合征　　　　　E. 急进性肾炎

36. 异位 ACTH 综合征患者,下列哪项是最可能出现的生化特征
    A. 血钠降低　　　　　　B. 血钾、血氯降低　　　　C. 血钾增高
    D. 血钠升高　　　　　　E. 血钙升高

37. 下列哪项对于治疗糖尿病酮症酸中毒不宜
    A. 积极补液　　　　　　　　　　　B. 小剂量胰岛素静脉滴注
    C. 积极补碱纠正酸中毒　　　　　　D. 积极治疗诱因
    E. 应用抗生素治疗感染

38. 关于超声心动图诊断二尖瓣关闭不全,以下哪项是不对的

    A. 多普勒血流显像,测得左房内最大反流束积<$4cm^2$,为轻度关闭不全

    B. 多普勒血流显像,测得左房内最大反流束积 $4\sim8cm^2$,为中度关闭不全

    C. 多普勒血流显像,测得左房内最大反流束积>$8cm^2$,为重度关闭不全

    D. 超声多普勒诊断二尖瓣关闭不全敏感性几乎达 100%

    E. M 型与二维超声也能确定二尖瓣关闭不全

39. 高压蒸汽灭菌,欲杀灭带芽胞的细菌至少需

    A. 蒸汽压力 $104.0\sim137.3kPa(15\sim20lbf/in^2)$,温度 $121\sim126℃$,维持 10 分钟

    B. 蒸汽压力 $104.0\sim137.3kPa(15\sim20lbf/in^2)$,温度 $121\sim126℃$,维持 20 分钟

    C. 蒸汽压力 $104.0\sim137.3kPa(15\sim20lbf/in^2)$,温度 $121\sim126℃$,维持 30 分钟

    D. 蒸汽压力 $104.0\sim137.3kPa(15\sim20lbf/in^2)$,温度 $121\sim126℃$,维持 45 分钟

    E. 蒸汽压力 $104.0\sim137.3kPa(15\sim20lbf/in^2)$,温度 $121\sim126℃$,维持 60 分钟

40. 下述不能进行自体输血的选项是

    A. 胃肠破裂出血   B. 脾破裂出血   C. 肝破裂出血

    D. 异位妊娠破裂出血   E. 腹主动脉瘤裂出血

41. 3 年前曾行破伤风自动免疫者,受伤后作下列哪项处理即可预防破伤风

    A. 需再次注射破伤风类毒素 0.5ml

    B. 需再次注射破伤风类毒素 1ml

    C. 需再次注射破伤风抗毒素 $1500\sim3000U$

    D. 需注射人体破伤风免疫球蛋白 3000U

    E. 严密观察,暂不注射

42. 对肾疾病患者,下列有关术前准备和对手术耐受性的估计,错误的是

    A. 凡有肾病者,都应作肾功能检查

    B. 轻至中度肾功能损害者,经适当进行内科治疗,都能较好地耐受手术

    C. 重度损害者,即使在有效的透析疗法处理下,也不能安全地耐受手术

    D. 术前应避免使用对肾有损害的药物

    E. 术前应尽可能避免使用肾血管收缩药物

43. 下列哪一项常可提示早期乳癌

    A. 月经周期紊乱   B. 乳房周期性胀痛   C. 乳房局限性肿痛

    D. 乳房内多个小肿块   E. 乳房内单个无痛性肿块

44. 腹外疝最主要的发病因素是

    A. 慢性咳嗽   B. 长期便秘

    C. 排尿困难   D. 腹壁有薄弱点或腹壁缺损

    E. 经常从事腹内压增高的工作

45. 为了鉴别急性胆道感染和胃穿孔,宜采用下列哪项检查

    A. 静脉胆道造影明确诊断   B. 经皮肝穿刺造影明确诊断

    C. 口服胆道造影明确诊断   D. B 超明确诊断

    E. 纤维胃镜了解穿孔部位

46. 急性阑尾炎临床症状发生的顺序一般是

    A. 恶心呕吐、发热、右下腹疼痛   B. 下腹痛、恶心呕吐

C. 上腹痛、恶心呕吐、右下腹痛   D. 右下腹痛、恶心呕吐、上腹痛

E. 无明确顺序

47. 门静脉高压症断流术的主要优点不包括

A. 明显降低门静脉压力   B. 手术并发症少

C. 手术创伤小,患者恢复快   D. 手术简单易于推广

E. 既能控制出血又能保持肝血液供应

48. 有关泌尿系梗阻病因的描述,不正确的是

A. 膀胱出口梗阻最常见的为膀胱颈梗阻

B. 女性膀胱出口梗阻可与盆腔疾病有关

C. 老年男性最常见的是前列腺增生症

D. 肾小管梗阻也属于泌尿系梗阻范畴

E. 先天性后尿道瓣膜是男婴先天性尿道狭窄的重要原因

49. 腰椎结核临床常见的体征是

A. Thomas 征阳性   B. "4"字试验阳性

C. 拾物试验阳性   D. 斜板试验阳性

E. 直腿抬高试验阳性

50. 在骨折愈合过程中,以下哪项叙述是正确的

A. 在临床上应防止产生较大的血肿

B. 手法复位可反复多次,力争达到解剖复位标准

C. 只有骨折对线良好,骨折段间即便有软组织嵌入也不会影响骨折愈合

D. 骨折部剪力的存在可促进骨痂的生长

E. 尽可能地摘除骨碎片有利于骨折愈合

A₂ 型 题

答题说明(51~80题)

每一道题是以一个病例或一种复杂情况出现的,其下面都有 A、B、C、D、E 5 个备选答案。请从中选择一个最佳答案,并写在答题纸上。

51. 组织代谢活动增强时,毛细血管床因代谢产物堆积而开放,这种调节属于

A. 神经调节   B. 激素远距调节   C. 神经-体液调节

D. 神经分泌调节   E. 局部体液调节

52. 经测定,某患者的尿素清除率为 70ml/min,菊粉清除率为 125ml/min,两者有差异,表明该患者

A. 肾功能减退   B. 肾小球滤过率降低

C. 肾小管可以吸收尿素   D. 肾小管重吸收功能降低

E. 肾小管重吸收功能增强

53. 男,5 岁,脊髓灰质炎患者,肢体肌肉萎缩,其主要原因是

A. 失去了高位神经元对脊髓的影响   B. 肌肉供血减少

C. 肌肉受到病毒的侵害   D. 失去了运动神经的营养作用

E. 神经-肌肉接头的功能丧失

54. 某患者,因长期摄入维生素 A 不足而导致夜盲症,其发生的原因是
  A. 视紫红质过多   B. 视紫红质缺乏   C. 顺视黄醛过多
  D. 视蛋白合成障碍   E. 视紫蓝质合成过多

55. 患者的动脉血压降低,中心静脉压增高表示
  A. 左心功能不全   B. 全心功能不全
  C. 轻度静脉回流障碍   D. 重度静脉回流障碍
  E. 有效循环血量减少

56. 男性,23 岁,24 小时前因车祸引起左下肢胫骨及腓骨开放性、粉碎性骨折,入院清除固定后 12 小时,出现左小腿及左足青紫、肿胀,患者出现发热和全身不适。次日肿胀加剧,累及左大腿,伤口流出伴有气泡的恶臭脓汁,肿胀区按之有捻发音。左小腿的坏死最可能是
  A. 干性坏疽   B. 湿性坏疽   C. 气性坏疽
  D. 液化性坏死   E. 干酪样坏死

57. 65 岁男性患者,水肿 5 个月,查尿蛋白(＋＋＋＋),临床诊断为肾病综合征,如作肾活检,则其最可能的病理类型是
  A. 微小病变   B. 膜性肾病
  C. 系膜毛细血管性肾炎   D. 膜增生性肾小球肾炎
  E. 局灶节段性肾小球硬化

58. 男性,5 岁,左腿烫伤后红肿、疼痛,数小时后起水疱。其病变为哪种
  A. 出血性炎   B. 变质性炎   C. 炎性水肿
  D. 浆液性炎   E. 蜂窝织炎

59. 男性,35 岁,面部及下肢水肿 2 个月,尿液检查蛋白(＋＋＋＋),肾穿刺组织光镜下观察肾小球体积增大,肾小球毛细血管壁弥漫性增厚。此例患者呈哪种肾
  A. 大红肾   B. 固缩肾   C. 大白肾
  D. 蚤咬肾   E. 多囊肾

60. 女性,40 岁,既往有风湿病史。2 年来,经常感觉乏力、心悸。查体:血压 100/60mmHg,心前区可闻及舒张期杂音Ⅱ～Ⅲ级,双肺底少许湿啰音,肝大(肋下 3cm),下肢轻度可凹性水肿。符合患者疾病的描述是
  A. 房间隔缺损   B. 二尖瓣关闭不全   C. 二尖瓣狭窄
  D. 主动脉瓣关闭不全 E. 主动脉瓣狭窄

61. 给出的 DNA 序列为某基因有意义链中一段突变"热点",也编码 21～25 氨基酸:5′—CCC—CCT—AGG—TTC—AGG—3′。下列哪个序列为移码突变并致蛋白质合成终止(TAG＝终止密码子)
  A. —CCC—CCT—AGG—TTC—AGG—
  B. —GCC—CCT—AGG TTC—AGG—
  C. —CCA—CCC—TAG—GTT—CAG—
  D. —CCC—CTA—GGT—TCA—AGG—
  E. —CCC—CCT—AGG—AGG—

62. 腺苷脱氨酸缺乏病(ADA)患者骨髓或成淋巴细胞不能产生有免疫活力的淋巴细胞,这是一种常染色体隐性免疫缺陷。可以持久治愈的治疗选择是

A. 生殖种系基因治疗置换一个 ADA 基因拷贝

B. 生殖种系基因治疗置换两个 ADA 基因拷贝

C. 体细胞基因疗法置换循环淋巴细胞一个 ADA 拷贝

D. 体细胞基因疗法置换循环淋巴细胞两个 ADA 拷贝

E. 体细胞基因疗法置换骨髓成淋巴细胞一个 ADA 拷贝

63. 很多酶是以无活性酶原形式合成然后被激活为有活性的酶。下列哪种蛋白水解酶是其酶原经酸激活的

    A. 胰蛋白酶   B. 糜蛋白酶   C. 弹性蛋白酶

    D. 胃蛋白酶   E. 羧基肽酶

64. 蛋白质上的氨基酸残基视环境不同可游离带电或呈中性,在血液正常的 pH 条件下,血清蛋白的哪个氨基酸残基呈中性

    A. 组氨酸   B. 谷氨酸   C. 谷氨酰胺

    D. 天冬氨酸   E. 精氨酸

65. 激素需与受体结合才起作用,受体有在细胞膜上的也有在胞内的。下列通过胞内受体发挥作用的激素是

    A. 胰岛素   B. 肾上腺素   C. 甲状腺激素

    D. 胰高血糖素   E. 促肾上腺皮质激素

66. 男性,59 岁,发现高血压 7 年,1 年来血压控制不稳定,且有胸闷、心悸,心率 56 次/分,超声心动图检测 EF 0.56,胸片示左心室不扩大,考虑左心室舒张功能障碍。为改善左心室顺应性,下述哪种药物最合适

    A. β 受体阻断药   B. 利尿剂   C. 洋地黄

    D. 钙拮抗药   E. 硝酸酯类

67. 女性,24 岁。2 周前发热,体温 38℃,伴咽痛、流涕,治疗后好转。2 天来感胸闷、气促;心电图示 ST-T 波改变,三度房室传导阻滞;化验血沉增快,CPK 增高。其原因最可能是

    A. 扩张型心肌病   B. 急性心肌炎   C. 急性心肌梗死

    D. 急性心包炎   E. 心脏神经官能症

68. 男性,60 岁。慢性支气管炎病史 10 年,症状加重 6 天入院。动脉血气分析(呼吸空气)PaO_2 8kPa(60mmHg),$PaCO_2$ 6.2kPa(55mmHg)。其低氧血症的发生机制中下列哪项不是主要的

    A. 弥散量降低   B. 通气分布不均和通气/血流比例失调

    C. 静-动脉血分流   D. 肺泡通气量降低

    E. 呼吸功和氧耗量增加

69. 男性,65 岁,昏迷 10 小时。血气分析:pH 7.26,$PaCO_2$ 82mmHg,PaO_2 45mmHg。哪项处理不适宜

    A. 机械通气   B. 呼吸兴奋剂   C. 支持疗法

    D. 气管切开   E. 高浓度给氧

70. 男性,30 岁,患十二指肠溃疡 4 年,突发上腹剧痛 5 小时,继而全腹痛、大汗。查体:全腹压痛、反跳痛。考虑该患者有溃疡病穿孔的可能,下列哪项体征最有助于溃疡穿孔的诊断

A. 腹式呼吸消失　　　　　　　　　B. 腹肌紧张

C. 腹部移动性浊音阳性　　　　　　D. 肝浊音界消失

E. 肠鸣音消失

71. 16 岁男性患者,咽痛 7 天后出现水肿 2 周,尿蛋白 2.0g/24h,红细胞 10 个/HP,上述情况最可能是哪种病的表现

A. 急性肾小球肾炎　　　B. 急进性肾小球肾炎　　　C. 慢性肾小球肾炎

D. 隐匿性肾小球肾炎　　E. 肾病综合征

72. 男性,45 岁,Cushing 综合征患者,实验室检查如下:基础水平尿 17-羟、17-酮水平均明显升高,血浆 ACTH 水平比正常明显升高,小剂量和大剂量地塞米松抑制试验均不能使这些激素得到抑制,导致该患者 Cushing 综合征最可能的原因是

A. 肾上腺腺瘤　　　　　　　　　　B. 口服糖皮质激素

C. 异位 ACTH 综合征　　　　　　　D. 垂体分泌 ACTH 亢进(Cushing 病)

E. 单纯性肥胖

73. 患者女性,28 岁,右下腹痛、腹泻伴关节酸痛、低热半年,查体心肺正常,腹软,右下腹触及可疑肿块,X 线钡餐检查显示回盲部有钡影跳跃征象,最可能的诊断是

A. Crohn 病　　　　　　　B. 肠结核　　　　　　　　C. 阿米巴痢疾

D. 右半结肠癌　　　　　　E. 溃疡性结肠炎

74. 男性,36 岁,左股骨干开放性骨折,出血多,出现休克状态,经补液后血压 90/70mmHg,中心静脉压 4cmH_2O,给以快速输液,10 分钟经静脉输入 5% 葡萄糖盐水 250ml,血压有所上升但中心静脉压不变,提示

A. 心功能不全　　　　　　B. 血容量过多　　　　　　C. 血容量不足

D. 血管张力过高　　　　　E. 外周血管收缩

75. 女性,26 岁,双侧乳房胀疼 1 年,并触及不规则乳房肿块,伴有触痛,月经后症状有好转。诊断为

A. 乳癌　　　　　　　　　B. 乳腺炎　　　　　　　　C. 乳腺纤维腺瘤

D. 乳腺导管内乳头状瘤　　E. 乳腺囊性增生症

76. 男性,50 余岁,脓血便半年余,直肠镜发现距肛门 11cm 处直肠前壁有一分叶状息肉,病理证实息肉恶变。手术治疗最宜选作

A. 经腹切除,直肠、乙状结肠端端吻合术　　B. 经腹会阴联合根治术

C. 经腹肛管拉出切除术　　　　　　　　　　D. 乙状结肠造瘘术

E. 经直肠病灶摘除术

77. 男,42 岁。因左腰部阵发性绞痛,辗转不安,伴恶心,排尿不适 3 小时来院急诊,过去有类似发作史。检查:左肾区明显叩痛,尿常规红细胞 40 个/HP。下一步对患者最合适的处理是

A. 立即做排泄性尿路造影　　　　　　B. 立即 B 超检查

C. 急诊核素肾图检查　　　　　　　　D. 取清洁中段尿做普通培养

E. 立即应用镇痛和解痉剂

78. 女,23 岁,遭车祸腰部及下腹部被挤压后下腹痛并波及全腹半小时。患者顿感下腹痛,逐渐扩展至全腹,来院急诊,医师嘱查尿常规,患者有尿意但只滴出数滴血性尿液。首先应考虑的诊断是

A. 肝破裂   B. 脾破裂   C. 肾损伤

    D. 尿道损伤   E. 膀胱破裂

79. 一妇女孕 3 个月,近来呼吸困难来诊,查体见甲状腺较大,脉搏 105 次/分,两手颤动,则对该患者进行以下列哪项治疗为宜

    A. 无需特殊处理,观察病情发展   B. 口服治疗甲亢药物如卡比马唑

    C. 口服碘剂   D. 做术前准备,手术治疗

    E. 放射治疗

80. 女性,45 岁,确诊为混合型颈椎病 3 年,未予积极治疗,近来左肩关节疼痛,不能梳头,左肩外展、后伸、外旋严重受限,三角肌轻度萎缩,肱二头肌长短头肌腱及肩关节外侧均有明显压痛。肩痛的原因是

    A. 肩部肿瘤   B. 肩周炎   C. 颈椎病

    D. 肩关节结核   E. 风湿性关节炎

B 型 题

答题说明(81~100 题)

A、B、C、D、E 是备选答案,81~100 是考题。

答题时注意:如果这道题只与答案 A 有关,则请将 A 写在答题纸上;如果这道题只与答案 B 有关,则请将 B 写在答题纸上;余类推。每一答案可以选择一次或一次以上,也可以一次也不选择。

    A. 肺通气量   B. 肺泡通气量   C. 最大通气量

    D. 解剖无效腔气量   E. 肺泡无效腔气量

81. 每分钟吸入肺泡的新鲜空气量是

82. 未能发生气体交换的肺泡气量是

    A. G 蛋白耦联受体   B. 化学门控通道   C. 电压门控通道

    D. 机械门控通道   E. 酪氨酸激酶受体

83. 骨骼肌终板膜上的 ACh 受体属于

84. 神经轴突膜上与动作电位的产生直接有关的蛋白质属于

    A. Councilman 小体   B. Russell 小体   C. Mallory 小体

    D. 脂肪小体   E. 残存小体

85. 乙醇中毒的肝细胞内可出现的不甚规则玻璃样物质称为

86. 电镜下,脂肪变性的脂滴为有界膜包绕的圆形小体称为

    A. 凝固性坏死   B. 干酪样坏死   C. 液化性坏死

    D. 溶解坏死   E. 脂肪坏死

87. Ⅲ期梅毒发生的坏死属于

88. 重型病毒性肝炎时,肝细胞广泛发生

    A. $5'$-GCA-$3'$ B. $5'$-GCG-$3'$ C. $5'$-CCG-$3'$

    D. $5'$-ACG-$3'$ E. $5'$-UCG-$3'$

89. 可被 tRNA 反密码 5′-TGC-3′ 识别的密码是

90. 模板链序列 5′-CGT-3′ 转录的密码是

    A. 肺炎链球菌   B. 厌氧菌   C. 葡萄球菌

    D. 肺炎克雷伯杆菌   E. 草绿色链球菌

91. 血源性肺脓肿最常见的病原体是

92. 吸入性肺脓肿最常见的病原体是

    A. 缺铁性贫血   B. 巨幼细胞贫血

    C. 自身免疫性溶血性贫血   D. 珠蛋白生成障碍性贫血

    E. 阵发性睡眠性血红蛋白尿

93. 男,22 岁,贫血,黄疸,脾大。血红蛋白 70g/L,白细胞 $5.5×10^9/L$,网织红细胞计数 0.09,Coombs 试验阳性,诊断为

94. 女,38 岁,贫血,血清铁 $5μmol/L$,血清总铁结合力 $410μmol/L$,血清铁蛋白 $10μg/L$,网织红细胞计数 0.015,血清铁饱和度 1.5%,诊断为

    A. 血清脂肪酶增高   B. 血清淀粉酶增高   C. 血钙降低

    D. 白细胞增多   E. LDH 升高

95. 对急性腹痛发病 1 周后的胰腺炎,较有诊断价值的是

96. 对出血坏死型胰腺炎最具诊断价值的是

    A. 左半结肠癌   B. 右半结肠癌   C. 小肠肿瘤

    D. 节段性肠炎   E. 溃疡性结肠炎

97. 腹部不适,无力,消瘦,发热伴贫血,粪便带脓血或黏液

98. 腹痛,腹胀,便秘或腹泻,不完全性低位肠梗阻

    A. 骨筋膜室综合征   B. 肾挫伤   C. 脂肪栓塞

    D. 出血性休克   E. 损伤性骨化(骨化性肌炎)

99. 闭合性骨盆骨折可引起

100. 闭合性成人股骨干骨折可引起

C 型 题

> **答题说明**(101~120 题)
>
> A、B、C、D 是备选答案,101~120 是考题。
>
> 答题时注意:如果这道题只与答案 A 有关,则请将 A 写在答题纸上;如果这道题只与答案 B 有关,则请将 B 写在答题纸上;如果这道题与答案 A 和 B 都有关,则请将 C 写在答题纸上;如果这道题与答案 A 和 B 都无关,则请将 D 写在答题纸上。

    A. 反馈控制   B. 前馈控制

    C. 两者都有   D. 两者都无

101. 伸手准确抓住某一目标物的动作调节中有

102. 运动员进入运动场尚未开始运动时,循环、呼吸活动已开始增强的调节中有

    A. 肥大   B. 增生

C. 两者均有   D. 两者均无

103. 肺心病时,右心室心肌发生

104. 亚急性重型肝炎时,残留肝细胞发生

A. 持续增生   B. 不同程度的分化异常

C. 两者均有   D. 两者均无

105. 良性肿瘤具有

106. 恶性肿瘤具有

A. 肾上腺素   B. 促肾上腺皮质激素

C. 两者均是   D. 两者均非

107. 通过蛋白激酶 A 途径发挥作用的是

108. 通过 cGMP-蛋白激酶途径发挥作用的是

A. 转录因子   B. 抑癌基因

C. 两者都是   D. 两者皆非

109. *p53* 基因是

110. *src* 基因是

A. 血尿素氮增高   B. 酸中毒

C. 两者均有   D. 两者均无

111. 急性肾衰竭时,生化检查指标异常的是

112. 慢性肾衰竭时,生化检查指标异常的是

A. 透析疗法   B. 肾移植

C. 两者均有   D. 两者均无

113. 急性肾小球肾炎的治疗措施为

114. 急性肾小管坏死的治疗措施为

A. 革兰阴性细菌释放的外毒素所致

B. 革兰阴性细菌释放的内毒素所致

C. 两者均有

D. 两者均无

115. 损伤性休克

116. 感染性休克

A. 推拿按摩   B. 颏枕带牵引

C. 两者均可   D. 两者均不可

117. 颈椎病脊髓型的治疗包括

118. 颈椎病神经根型的治疗包括

A. 短缩 1cm 以内   B. 轻度成角移位

C. 两者均可   D. 两者均不可

119. 成人股骨干骨折复位可允许

120. 成人肱骨干骨折复位可允许

X 型 题

答题说明(121～160 题)

　　下列 A、B、C、D 4 个选项中,至少有一个答案是正确的。请您根据题意,有几个正确选项,便在答题纸上将相应题号的相应字母写上,多选或少选均不得分。

121. 下列生理活动过程中存在正反馈的是
    A. 排尿反射　　　　　　　　　　B. 牵张反射
    C. 血液凝固　　　　　　　　　　D. 分娩过程

122. 用毒毛花苷抑制 Na^+ 泵活动后,可出现
    A. 静息电位减小
    B. 动作电位幅度减小
    C. Na^+-Ca^{2+} 交换将增加
    D. 胞质渗透压会增高

123. 感受器的一般生理特性是
    A. 都有各自的适宜刺激
    B. 能把刺激能量转换为传入神经的动作电位
    C. 能对环境变化的信息进行编码
    D. 对恒定刺激有适应现象

124. 肺表面活性物质的作用有
    A. 维持大小肺泡的稳定性　　　　B. 防止肺水肿
    C. 降低吸气阻力　　　　　　　　D. 降低呼气阻力

125. 视锥细胞的特点是
    A. 含有三种不同的视锥色素　　　B. 与夜盲症的发生有关
    C. 主要分布于视网膜周边部　　　D. 主要感受强光刺激

126. 下列有关肾素的描述,正确的有
    A. 由近端小管细胞分泌　　　　　B. 是激活血管紧张素系统的启动因子
    C. 当入球小动脉血压降低时分泌增多　　D. 当肾交感神经兴奋时释放减少

127. 父母血型均为 A 型,其子代血型可能为
    A. A 型　　　　　　　　　　　　B. B 型
    C. AB 型　　　　　　　　　　　D. O 型

128. 下列属于急性重型肝炎病理特点的是
    A. 肝体积明显缩小,尤以左叶为甚
    B. 切面呈黄色或红褐色,部分区域呈红黄相间的斑纹状
    C. 肝细胞坏死广泛而严重
    D. 肝细胞坏死多从肝小叶中央开始并迅速向四周扩展

129. 下列属于流行性乙型脑炎基本病变的是
    A. 脑实质有上皮样细胞小灶形成　　　B. 脑组织中胶质结节形成
    C. 脑小血管周围淋巴细胞"血管套"形成　　D. 筛网状软化灶

130. 结核病的基本病变包括

A. 渗出性病变　　　　　　　　　　　B. 坏死性病变
C. 玻璃样病变　　　　　　　　　　　D. 增生性病变

131. 下列关于胃癌的描述正确的有
    A. 与幽门螺杆菌的感染有关　　　　B. 多发生在胃窦部
    C. 晚期常经血道转移到肺　　　　　D. 早期胃癌常无局部淋巴结转移

132. 肿瘤的分期依据包括
    A. 原发肿瘤的大小　　　　　　　　B. 浸润的深度
    C. 是否有淋巴结转移　　　　　　　D. 是否有远处器官转移

133. 病毒性肝炎中常见的肝细胞变化有
    A. 嗜酸性变　　　　　　　　　　　B. 气球样变
    C. 凝固性坏死　　　　　　　　　　D. 溶解坏死

134. 下列哪些病变属于急性炎症变化
    A. 血管充血　　　　　　　　　　　B. 血浆及白细胞渗出
    C. 血管通透性增高　　　　　　　　D. 局部组织细胞变性、坏死

135. 关于酶的专一性,下列正确的是
    A. 酶对底物有较高的选择性
    B. 可分为相对专一性、绝对专一性和立体异构专一性三类
    C. 一种酶既可具有相对专一性又可具有绝对专一性
    D. 一种酶可同时具有绝对专一性和立体异构专一性

136. 蛋白质电泳时,蛋白质的泳动速度取决于
    A. 蛋白质的分子量大小　　　　　　B. 蛋白质的分子形状
    C. 蛋白质所带的净电荷　　　　　　D. 蛋白质所在溶液的离子强度

137. 蛋白质变性在下述哪些方面得到应用
    A. 酒精消毒　　　　　　　　　　　B. 高压蒸汽消毒
    C. 紫外线照射　　　　　　　　　　D. 硫酸铵分步盐析

138. 参与蛋白质生物合成的物质有
    A. 核蛋白体　　　　　　　　　　　B. mRNA
    C. 连接酶　　　　　　　　　　　　D. 氨基酰-tRNA

139. 目的基因的制备,可以通过
    A. 化学人工合成　　　　　　　　　B. 基因文库
    C. cDNA 文库　　　　　　　　　　D. PCR

140. 翻译的初级产物中能被磷酸化修饰的氨基酸是
    A. 丝氨酸　　　　　　　　　　　　B. 脯氨酸
    C. 酪氨酸　　　　　　　　　　　　D. 赖氨酸

141. 下列各项中符合风湿性二尖瓣关闭不全的体征有
    A. 心尖部第一心音增强　　　　　　B. 心界呈"梨形"扩大
    C. 肺动脉瓣区第二心音分裂　　　　D. 心尖部全收缩期杂音向左腋下传导

142. 下列各项中引起Ⅱ型呼吸衰竭的呼吸功能改变为
    A. 肺弥散功能障碍　　　　　　　　B. 通气/血流比例失调
    C. 机体氧耗量增加　　　　　　　　D. 肺泡通气不足

143. 急性一氧化碳中毒时，可出现
A. 脑水肿　　　　　　　　　　　B. COHb 增多
C. 组织缺氧　　　　　　　　　　D. 血红蛋白氧解离曲线右移

144. 关于缺血所致的急性肾小管坏死的发病机制中，下列哪些说法正确
A. 肾血浆流量增加，肾内血流重新分布
B. 肾小管上皮脱落，管腔中管型形成
C. 肾小管上皮细胞代谢障碍
D. 一氧化氮产生过多，内皮素产生相对过少

145. 在葡萄糖刺激时，非胰岛素依赖型糖尿病患者的胰岛素水平可出现
A. 稍低　　　　　　　　　　　　B. 基本正常
C. 高于正常　　　　　　　　　　D. 分泌高峰延迟

146. 女，16 岁，患 1 型糖尿病，因肺部感染，诱发酮症酸中毒。以下哪些治疗原则对此患者是正确的
A. 积极补液，纠正脱水　　　　　B. 积极治疗肺部感染
C. 积极补碱，尽快一次性纠正酸中毒　　D. 严密观察血钾，防治低血钾

147. 下列哪些是引起空腹高血糖的可能原因
A. 夜间胰岛素剂量不足　　　　　B. 早餐进食过多
C. Somogyi 现象　　　　　　　　D. 黎明现象

148. 对有足够数量的正常外周血细胞且无症状的慢性淋巴细胞白血病 B 期患者，出现下述哪些情况时应开始化疗
A. 进行性脾大（左肋弓下＞6cm）　B. 淋巴结进行性肿大
C. 2 个月内淋巴细胞增加＞50%　　D. 血小板减少出现或加重

149. 下列哪些结果符合溶血性贫血
A. 尿中胆红素阴性，尿胆原增多　　B. 网织红细胞数多正常
C. 红细胞形态正常，而寿命缩短　　D. 骨髓内幼红细胞明显减少

150. 关于特发性血小板减少性紫癜(ITP)的描述，哪些是正确的
A. 急性型 ITP 与感染因素有关　　B. 血小板寿命缩短
C. 骨髓巨核细胞总数减少　　　　D. 急性型 ITP 多见于中年女性

151. 下列无菌操作规则中，哪些是正确的
A. 手套发现有小破口应立即更换
B. 无菌手术单湿透时，应加盖干无菌单
C. 坠落在手术台边以下的器械物品不准拾回再用
D. 其他手术人员的背后可以传递无菌器械物品

152. 下列有关"代谢性酸中毒可引起血钾增高，但在纠正酸中毒后需及时补钾的理由"错误的是
A. 钾从细胞内转移至细胞外，部分从尿中排除
B. 为了防止发生代谢性碱中毒
C. 钾从细胞外进入细胞内
D. 钾从尿中排出

153. 下列各项易合并急性肾衰竭的有

A. 腹部穿通伤   B. 冲击伤

    C. 大面积烧伤   D. 挤压伤

154. 嵌顿疝试行手法复位的适应证是

    A. 腹壁缺损大,疝环较松

    B. 老年、体弱或伴有严重疾病,估计肠管无绞窄

    C. 嵌顿时间在 4 小时内,局部压痛不明显,无腹膜刺激症状

    D. 局部压痛不明显,但嵌顿时间大于 12 小时

155. 下列哪些属于肝硬化腹水治疗必须遵循的原则

    A. 腹水患者必须限制钠、水的摄入   B. 保钾利尿剂和排钠利尿剂并用

    C. 服用呋塞米利尿时应补充氯化钾   D. 快速利尿消退腹水促使病情缓解

156. 脾切除的常见并发症有

    A. 上消化道出血   B. 膈下感染

    C. 血栓-栓塞性并发症   D. 腹腔内大出血

157. 下列哪些属于肾损伤晚期的并发症

    A. 假性肾动脉瘤   B. 肾盂积水

    C. 肾血管性高血压   D. 肾囊肿

158. 下列哪些是导致骨折延迟愈合或不愈合的因素

    A. 反复多次复位   B. 清创时丢失骨片

    C. 没有达到解剖复位   D. 不适当的切开部位

159. 下列哪些属于良性骨肿瘤

    A. 骨瘤   B. 骨髓瘤

    C. 骨样骨瘤   D. 骨软骨瘤

160. 下述关于肱骨骨折的说法,哪些是正确的

    A. 肱骨干部骨折,容易引起正中神经麻痹

    B. 外科颈骨折不会并发肱骨头脱位

    C. 外科颈骨折,即使畸形愈合后,其功能障碍也较少

    D. 髁上骨折容易引起缺血性肌挛缩

同等学力人员申请硕士学位临床医学学科综合水平全国统一考试模拟试卷四

A₁ 型 题

答题说明(1~50题)

每一道题下面有 A、B、C、D、E 5 个备选答案。在答题时,只需从中选择一个最合适的答案,写在答题纸上。

1. 关于 Na^+ 跨细胞膜转运的方式,下列哪项描述正确
   - A. 以单纯扩散为主要方式
   - B. 以易化扩散为次要方式
   - C. 以主动转运为唯一方式
   - D. 有易化扩散和主动转运两种方式
   - E. 有单纯扩散和易化扩散两种方式

2. 红细胞发生叠连后,红细胞的变化是
   - A. 表面积与容积的比值增大
   - B. 变形能力增大
   - C. 渗透脆性增大
   - D. 血沉加快
   - E. 比重增高

3. 下列哪种情况可使组织液生成增加
   - A. 毛细血管血压降低
   - B. 血浆胶体渗透压升高
   - C. 组织液静水压升高
   - D. 组织液胶体渗透压升高
   - E. 摄入大量 NaCl

4. 根据 Laplace 定律,如果大小肺泡彼此相通,且表面张力相等,那么
   - A. 小肺泡内压力大,大肺泡内压力小
   - B. 小肺泡内压力小,大肺泡内压力大
   - C. 大小肺泡内压力相等
   - D. 吸气时气体主要进入小肺泡
   - E. 呼气时气体主要出自大肺泡

5. 下列关于胆盐肝肠循环的叙述,正确的是
   - A. 胆盐在十二指肠被吸收
   - B. 每次重吸收约 80%
   - C. 一次进餐后可循环 $6\sim8$ 次
   - D. 可促进胆囊收缩
   - E. 可刺激胆汁分泌

6. 有利于尿液浓缩的因素是
   - A. 肾髓质纤维化
   - B. 依他尼酸
   - C. 甘露醇
   - D. 抗利尿激素减少
   - E. 高蛋白饮食

7. 远视发生的原因是
   - A. 眼轴过长或折光系统折光能力过弱
   - B. 眼轴过长或折光系统折光能力过强
   - C. 眼轴过短或折光系统折光能力过弱
   - D. 眼轴过短或折光系统折光能力过强
   - E. 眼轴正常而视网膜感光细胞直径变小

8. 下列关于条件反射的描述,正确的是

A. 指生来就有的反射活动　　　　　　　B. 数量很多,但并非无限

    C. 一旦形成,形式比较固定　　　　　　D. 在长期种系发展中形成

    E. 建立须经大脑皮质的参与

9. 雌激素和孕激素作用的相同点是

    A. 促进阴道上皮细胞角化　　　　　　　B. 促进乳腺导管增生和延长

    C. 使子宫输卵管平滑肌活动减弱　　　　D. 使子宫内膜增生变厚

    E. 减少宫颈黏液的分泌

10. 病毒性肝炎时,肝细胞最易发生

    A. 脂肪变　　　　　　B. 玻璃样变　　　　　　C. 细胞水肿及气球样变

    D. 淀粉样变性　　　　E. 黏液样变性

11. 静脉血栓的尾部是

    A. 白色血栓　　　　　B. 混合血栓　　　　　　C. 红色血栓

    D. 透明血栓　　　　　E. 层状血栓

12. 关于炎症介质的主要作用,下列组合不正确的是

    A. 血管活性胺-血管扩张和通透性增高　　B. 缓激肽-趋化作用

    C. TNF-发热　　　　　　　　　　　　　D. 前列腺素-疼痛

    E. 溶酶体酶-组织损伤

13. 类癌的特性

    A. 为良性肿瘤　　　　　　　　　　　　B. 为移行上皮细胞发生的肿瘤

    C. 是一种与癌相似的肉瘤　　　　　　　D. 为鳞状上皮细胞发生的肿瘤

    E. 为来源于神经嵴的一系列内分泌细胞发生的肿瘤

14. 慢性风湿性瓣膜病常见的联合瓣膜病变是

    A. 二尖瓣和三尖瓣　　　　　　　　　　B. 二尖瓣、主动脉瓣和三尖瓣

    C. 主动脉瓣和三尖瓣　　　　　　　　　D. 二尖瓣和主动脉瓣

    E. 主动脉瓣和肺动脉瓣

15. 下列有关细菌入侵艾滋病患者后病理变化的描述,错误的是

    A. 全身淋巴结可肿大　　B. 炎症反应强烈　　　　C. 炎症反应低下

    D. 病原体不易被消灭　　E. 胸腺退变及萎缩改变

16. 下列哪种疾病可导致心肌间质中出现大量淋巴单核细胞浸润

    A. 风湿性心肌炎　　　　B. 病毒性心肌炎　　　　C. 心肌病

    D. 心肌梗死　　　　　　E. 细菌性心肌炎

17. 维持蛋白质二级结构稳定的化学键是

    A. 盐键　　　　　　　　B. 二硫键　　　　　　　C. 肽键

    D. 疏水键　　　　　　　E. 氢键

18. 下列关于 DNA 双螺旋结构的叙述哪一项是正确的

    A. 磷酸核糖在双螺旋外侧,碱基位于内侧

    B. 碱基平面与螺旋轴垂直

    C. 遵循碱基配对原则,A 与 T 配对,G 与 C 配对

    D. 碱基对平面与螺旋轴平行

    E. 核糖平面与螺旋轴垂直

19. 某一酶促反应的速度为最大速度的 80% 时，K_m 等于
 A. [S]   B. 0.5[S]   C. 0.25[S]
 D. 0.4[S]   E. 0.8[S]

20. 下列关于反竞争性抑制作用的描述，正确的是
 A. 抑制剂既与酶相结合又与酶-底物复合物相结合
 B. 抑制剂只与酶-底物复合物相结合
 C. 抑制剂使酶促反应的 K_m 值升高，V_{max} 降低
 D. 抑制剂使酶促反应的 K_m 值降低，V_{max} 增高
 E. 抑制剂不使酶促反应的 K_m 值改变，只降低 V_{max}

21. RNA 聚合酶中促进磷酸二酯键生成的亚基是
 A. 原核 RNA 聚合酶亚基 δ   B. 原核 RNA 聚合酶亚基 α
 C. 原核 RNA 聚合酶亚基 β   D. 原核 RNA 聚合酶亚基 β′
 E. 原核 RNA 聚合酶亚基 σ

22. 下列属于终止密码的是
 A. AAA CCC GGG   B. AUG AGA GAU   C. UAC CAC GAC
 D. UUU UUC UUG   E. UAA UAG UGA

23. DNA 复制时，模板序列 5′-TAGA-3′ 将合成下列哪种互补结构
 A. 5′-TCTA-3′   B. 5′-ATCA-3′   C. 5′-UCUA-3′
 D. 5′-GCGA-3′   E. 5′-ATCT-3′

24. 乳糖操纵子调控中，编码的阻遏蛋白和操纵基因结合，使操纵子受到阻遏而处于关闭状态的基因是
 A. 结构基因   B. 启动子   C. 管家基因
 D. 衰减基因   E. 调节基因

25. 通过蛋白激酶 A 通路发挥作用的激素是
 A. 生长因子   B. 心钠素   C. 胰岛素
 D. 肾上腺素   E. 甲状腺素

26. 关于高血压病的治疗，下列哪项不正确
 A. 对高危、极高危组强调长期服药的原则
 B. 收缩压下降 10～20mmHg，心血管事件可减少 38%
 C. 降压同时要给抗血小板或抗凝药物
 D. 老年纯收缩期性高血压目标值略有不同
 E. 血压 >160/100mmHg 时，多数需联合两种以上降压药方能起效

27. 关于限制型心肌病，下列的哪一项说法是错误的
 A. 预后较差
 B. 以心室舒张期充盈受限为特征
 C. X 线及超声显示心影或心室内径缩小
 D. 糖皮质激素有效
 E. 临床较难与缩窄性心包炎鉴别

28. 右心室后负荷增加见于下列哪种疾病
 A. 高血压病   B. 肺动脉高压   C. 主动脉瓣关闭不全

D. 甲状腺功能亢进　　　　E. 贫血性心脏病

29. 支气管扩张最有意义的体征是
    A. 消瘦　　　　　　　　B. 杵状指　　　　　　C. 贫血
    D. 局限性湿啰音　　　　E. 局限性哮鸣音

30. 下列有关无创机械通气应用的基本条件,哪项是错误的
    A. 清醒能够合作　　　　　　　　B. 呼吸道里有大量脓痰
    C. 血流动力学稳定　　　　　　　D. 不需要气管插管保护
    E. 能耐受鼻/面罩

31. 关于糖皮质激素控制哮喘发作的机制,下列哪项不正确
    A. 抑制炎症细胞的迁移和活化　　　B. 抑制细胞因子的生成
    C. 增强平滑肌细胞 β_2 受体的反应性　　D. 激活磷酸二酯酶
    E. 抑制炎症介质的释放

32. 球后溃疡多发生在
    A. 十二指肠球部后壁　　B. 十二指肠上部　　　C. 十二指肠降部
    D. 十二指肠水平部　　　E. 十二指肠升部

33. 下列腹水常规检查,哪项结果不符合结核性腹膜炎改变
    A. 白细胞 $0.2 \times 10^9/L$,以中性粒细胞为主
    B. 一般细菌培养阴性
    C. 李凡他试验阳性
    D. 比重>1.018
    E. 腹水外观呈草黄色

34. 肾病综合征与慢性肾炎的主要区别是
    A. 水肿明显　　　　　　　　　　B. 血浆白蛋白降低明显
    C. 胆固醇增高　　　　　　　　　D. 有血尿、高血压
    E. 蛋白尿较多

35. 下列哪项不符合甲状腺危象的诊断标准
    A. 心率 160 次/分　　　B. 体温 37.5℃　　　C. 恶心、呕吐
    D. 皮肤潮红、多汗　　　E. 失水、休克

36. 体内缺铁初期最早、最可靠的诊断依据是
    A. 典型的小细胞低色素性贫血　　B. 血清总铁结合力增高
    C. 血清铁减低　　　　　　　　　D. 骨髓贮存铁减少或缺乏
    E. 血清转铁蛋白饱和度下降

37. 原发性肝癌肝外转移最好发的部位是
    A. 肺　　　　　　　　　B. 脑　　　　　　　　C. 肾
    D. 肾上腺　　　　　　　E. 骨

38. 易发生 DIC 的白血病是
    A. AML-M$_1$　　　　　　B. ALL-L$_2$　　　　　C. AML-M$_5$
    D. AML-M$_3$　　　　　　E. CML-BC

39. 关于休克的一般紧急治疗,下列哪项不正确
    A. 创伤制动、大出血止血、保证呼吸道通畅

B. 及早建立静脉通路

  C. 采取平卧体位

  D. 早期予以鼻导管或面罩吸氧

  E. 注意保温

40. 破伤风最先出现的症状是

  A. 苦笑面容   B. 颈项强直   C. 张口困难

  D. 角弓反张   E. 手足抽搐

41. 关于甲状腺癌哪项是错误的

  A. 乳头状癌占成人甲状腺癌的 60% 和儿童甲状腺癌的全部,预后较好

  B. 乳头状癌较早出现淋巴结转移

  C. 滤泡状腺癌常见于中年人

  D. 未分化癌多见于 70 岁左右的老年人,预后很差

  E. 髓样癌来源于滤泡旁降钙素分泌细胞(C 细胞),预后为甲状腺癌中最差的

42. 临床各类器官移植疗效最稳定和最显著的是

  A. 肝移植   B. 心脏移植   C. 肾移植

  D. 胰腺移植   E. 小肠移植

43. 仰卧时腹膜腔中下列哪个部位最低

  A. 十二指肠上隐窝   B. 十二指肠下隐窝   C. 乙状结肠间隐窝

  D. 肝肾隐窝   E. 盲肠后隐窝

44. 下列有关门脉高压症的临床表现,错误的是

  A. 脾大,脾功能亢进   B. 呕血或便血   C. 无黄疸

  D. 可有肝大   E. 腹水

45. 关于肺癌,下列哪项是正确的

  A. 鳞癌对放疗和化疗不敏感   B. 鳞癌通常首先经血行转移

  C. 腺癌在晚期才发生血行转移   D. 未分化癌对放疗和化疗较敏感

  E. 未分化癌淋巴和血行转移较晚

46. 对早期肾结核,合适的处理是

  A. 尽早作肾切除   B. 积极抗结核及保守治疗

  C. 结肠膀胱术   D. 一侧肾造瘘

  E. 空洞引流术

47. 下列哪项骨折最稳定

  A. 股骨干的横形骨折   B. 尺、桡骨的青枝双骨折

  C. 伸直型肱骨髁上骨折   D. 内收型股骨颈骨折

  E. 单一桡骨干的斜形骨折

48. 中央型腰椎间盘突出症和马尾神经瘤最有意义的鉴别方法是

  A. CT 检查   B. 脊髓造影   C. X 线片检查

  D. 肛门括约肌功能检查   E. B 超检查

49. 骨折治疗中不轻易切开复位内固定,最主要的原因是

  A. 影响骨折处血运,导致延迟愈合或不愈合

  B. 术中术后出血

C. 易损伤大血管,引起肢体坏死

    D. 术后发生感染,形成骨髓炎

    E. 损伤神经,引起肢体瘫痪

50. 关节结核的早期 X 线主要表现是

    A. 以骨质增生为主   B. 骨质增生与破坏并存

    C. 以骨破坏为主   D. 局限性脱钙

    E. 关节间隙消失

A₂ 型 题

答题说明(51~80 题)

    每一道题是以一个病例或一种复杂情况出现的,其下面都有 A、B、C、D、E 5 个备选答案。请从中选择一个最佳答案,并写在答题纸上。

51. 手术切除动物肾上腺皮质后血中 ACTH 浓度升高,说明糖皮质激素对腺垂体促激素分泌具有下列哪一种调控作用

    A. 神经调节   B. 神经-体液调节   C. 正反馈控制

    D. 负反馈控制   E. 前馈控制

52. 某患者空腹血糖浓度为 11.1mmol/L(200mg/dl),尿糖阳性,患者自诉有多食、多饮、多尿症状。其尿量增加的主要原因是

    A. 肾小球滤过率增加   B. 肾小管中葡萄糖浓度增加使水重吸收减少

    C. 肾小管分泌增加   D. 抗利尿激素分泌减少

    E. 醛固酮分泌增加

53. 51 岁,男性,因运动障碍到医院就诊,经多项检查,发现第四脑室附近肿瘤压迫小脑绒球小结叶,哪一项运动障碍最明显

    A. 随意运动不能   B. 身体平衡功能差   C. 全身肌紧张减弱

    D. 指鼻不准确   E. 对指运动不准确

54. 男孩,8 岁,身材矮小,智力低下,经诊断为呆小症。其原因是

    A. 生长素分泌不足   B. 生长素介质分泌不足

    C. 甲状腺激素分泌不足   D. 肾上腺皮质激素分泌不足

    E. 胰岛素分泌不足

55. 人体在从事剧烈运动时少尿的主要原因是

    A. 肾小球毛细血管血压增高   B. 抗利尿激素分泌增多

    C. 肾小动脉收缩,肾血流量减少   D. 醛固酮分泌增多

    E. 肾小球滤过膜面积减少

56. 患者肝脏病理切片报告:广泛肝细胞变性坏死、肝小叶纤维支架塌陷;不规则结节状再生肝细胞团形成;假小叶形成;肝内血液循环紊乱。其病理诊断是

    A. 慢性迁延性肝炎   B. 慢性活动性肝炎   C. 肝硬化

    D. 急性传染性肝炎   E. 胆汁性肝硬化

57. 女性,58 岁,停经 6 年后,阴道不规则出血 2 个月。妇科检查,子宫体积增大,如孕 2 个月大。刮宫取子宫内膜送病理检查,诊断为中分化子宫内膜腺癌。不符合其组织学改

变的是

    A. 腺体密集、背靠背　　　B. 出现鳞状上皮　　　C. 腺上皮细胞核深染

    D. 腺上皮细胞排列紊乱　　E. 可见病理核分裂

58. 男性，47岁，慢性腹泻、脓血便7年，临床诊断为慢性溃疡性结肠炎，符合患者肠道病变的描述是

    A. 炎性息肉形成　　　　　B. 假膜性炎　　　　　C. 肉芽肿性炎

    D. 瘘管形成　　　　　　　E. 炎性假瘤形成

59. 女性，50岁，发现背部肿瘤5年，生长缓慢。检查时，肿瘤直径约5cm大小，可活动，境界清楚。手术切除，肿瘤呈淡黄色，分叶状，包膜完整，质地较软。此结节最可能是

    A. 纤维瘤　　　　　　　　B. 血管瘤　　　　　　C. 平滑肌瘤

    D. 脂肪瘤　　　　　　　　E. 滑膜瘤

60. 下述有关高血压脑病的描述中，哪项是不正确的

    A. 脑内可有小软化灶形成　　　　　　B. 脑内可有微小动脉瘤形成

    C. 脑出血是常见的致死原因　　　　　D. 基底节、内囊是出血的常见部位

    E. 脑动脉栓塞多见

61. DNA指纹法应用于亲子鉴定和法医学中疑犯的判定等。下列哪项对DNA指纹法的叙述最准确

    A. 从血液、皮肤或精液可分离出DNA，并分析其从串联重复产生的不同的限制性片段谱

    B. 从血液、皮肤或精液的RNA以反转录酶拷贝出其DNA，分析其互补DNA谱

    C. 从血液、皮肤或精液分离出DNA，用凝胶电泳分析其片段分布

    D. 从血液、皮肤或精液分离出DNA，用HLA探针杂交以观察HLA基因谱

    E. 从血液、皮肤或精液分离出DNA，再离心分离出卫星DNA作凝胶电泳分析

62. 一患儿服用磺胺类药物治疗泌尿道感染。患儿原本身体健康，营养很好，但此后持续因病就诊。患儿面色苍白，易怒。血液检查表明患儿因溶血而出现严重贫血合并黄疸，下面哪项为最简便的诊断试验

    A. 血红细胞mRNA Northern印迹　　　B. 红细胞溶血产物酶测定

    C. Southern印迹分析基因缺失　　　　　D. Western印迹检查红细胞溶血产物

    E. 扩增红细胞DNA，用等位基因特异性寡核苷酸杂交(PCR-ASOs)

63. 一成人患者慢性中度贫血，铁剂治疗无效，取血分析血红蛋白。如果患者血红蛋白异常，即患血红蛋白病，下面哪项血红蛋白分析结果最符合该患者情况

    A. 高效液相层析检出多种蛋白质但只有一个红色蛋白质

    B. Western印迹法检出两个蛋白质，量正常

    C. 未变性凝胶电泳分离得几个蛋白质和两个红色蛋白质

    D. 经SDS-凝胶电泳并与标记抗 α- 和 β- 球蛋白反应，见稍分开的两条标记带

    E. 淡红色蛋白质混合物留在透析膜内

64. 在对酶的研究中，常以作图这种直观方式表现其动力方程式，某个酶按底物浓度 S 对反应速度 V 作图得S形曲线意味

    A. Michaelis-Menten动力学　　　　　B. 肌红蛋白结合氧

    C. 协同结合作用　　　　　　　　　　D. 竞争性抑制

E. 非竞争性抑制

65. 在细胞信号传导上,不同细胞对同一种第二信使产生不同的反应,其解释是

    A. 受体不同   B. G 蛋白不同   C. 膜脂种类不同

    D. 磷酸二酯酶不同   E. 参与级联反应的酶不同

66. 男性,45 岁,因晕厥被送急诊,查体:血压 120/80mmHg,平卧位,心率 86 次/分,S_1 N,S_2 稍↑,$L_{3,4}$ SM 4/6 级收缩期喷射性杂音,双肺呼吸音清,无干湿性啰音。初步诊断为肥厚梗阻型心肌病。该病的收缩期杂音的鉴别诊断不包括以下的哪一种

    A. 主动脉狭窄   B. 冠状窦瘤破裂   C. 肺动脉狭窄

    D. 直背综合征   E. 室间隔缺损

67. 某位住院患者家属向医生咨询急性心肌梗死的发展与预后,下列哪项不正确

    A. 由于介入治疗与溶栓治疗,死亡率已由过去的 30% 降至 5%～15%

    B. 死亡者多发生在起病 1 周内,常死于严重并发症

    C. 原发性室颤者抢救成功率低

    D. 常见严重并发症包括心律失常、急性左心衰、心源性休克

    E. 当心肌梗死范围超过左室重量 40% 时即可发生心源性休克

68. 男性,60 岁。慢性支气管炎 20 年,3 天前受凉后咳喘加重。血气分析 pH 7.32,$PaCO_2$ 80mmHg,PaO_2 55mmHg,BE ＋5mmol/L,应考虑

    A. 呼吸性酸中毒代偿期

    B. 呼吸性酸中毒失代偿期

    C. 呼吸性酸中毒合并代谢性碱中毒

    D. 呼吸性酸中毒合并代谢性酸中毒

    E. 呼吸性碱中毒合并代谢性酸中毒

69. 男性,35 岁,无痛性颈部淋巴结肿大 1 个月。胸部、腹部 CT 未发现深部淋巴结肿大。淋巴结活检示结构破坏,找到 R-S 细胞,下列哪项表现一般不出现

    A. 周期性发热   B. 皮肤瘙痒   C. 盗汗、消瘦

    D. 饮酒后淋巴结疼痛   E. 胸骨疼痛

70. 34 岁男性,诊断为肾病综合征,用泼尼松 60mg/d 治疗 3 个月,仍反复水肿,尿蛋白(＋＋～＋＋＋),下列何种说法错误

    A. 继续加大泼尼松用量再治疗 6 个月   B. 该患者可能属于激素无效型

    C. 可加用环磷酰胺治疗   D. 可试用环孢素

    E. 可用中药配合治疗

71. 女性,36 岁,主诉头晕、乏力,3 年来月经量多,浅表淋巴结及肝、脾无肿大,血红蛋白 58g/L,白细胞 $8.0×10^9$/L,血小板 $185×10^9$/L,血片可见红细胞中心淡染区扩大,网织红细胞计数 0.005。为明确诊断需做的检查应除外哪项

    A. 骨髓检查   B. 血清铁和总铁结合力   C. 染色体检查

    D. 血清铁蛋白检查   E. MCV,MCH,MCHC

72. 男,35 岁,消瘦、乏力、怕热、手颤 2 个月,夜间突然出现双下肢软瘫,急诊查:神志清,血压 140/80mmHg,心率 108 次/分,律齐,甲状腺轻度增大、无血管杂音。导致患者双下肢软瘫的直接原因可能是

    A. 脑栓塞   B. 运动神经元病   C. 重症肌无力

D. 呼吸性碱中毒   E. 血钾异常

73. 女,38 岁,低热,腹胀 5 个月。营养状态略差,腹部膨隆,肝脾未触及,脐周触及 3～4cm 大小包块,质地中等,边界不清,轻度触痛,移动性浊音可疑阳性,PPD 皮试阳性。如疑诊结核性腹膜炎,不宜行哪项检查

     A. 腹部 B 超   B. X 线钡剂灌肠   C. 腹腔穿刺

     D. 腹腔镜检查   E. 纤维结肠镜检查

74. 男,46 岁,上腹胀痛、乏力、消瘦、食欲下降 5 个月。查体:腹肌稍紧张,腹部有移动性浊音,贫血。直肠指检:于膀胱直肠窝扪及结节状硬块,无压痛,不活动。应考虑

     A. 直肠息肉   B. 前列腺癌   C. 盆腔脓肿

     D. 胃癌盆腔种植转移   E. 直肠癌

75. 男,45 岁,上消化道出血,经胃镜证实为食管静脉曲张破裂出血,既往有乙肝病史,目前肝功能有轻度损害,应选择哪种术式,既能预防食管曲张静脉再出血,又对肝功能影响小

     A. 脾切除,贲门周围血管离断术   B. 脾切除

     C. 门腔静脉分流术   D. 肠腔分流术

     E. 脾肾静脉分流术

76. 女,54 岁,发作性右上腹疼痛伴间断巩膜皮肤黄染半年。B 超提示胆囊内多发米粒大小结石。手术方式最恰当的是

     A. 胆囊造瘘   B. 腹腔镜胆囊切除   C. 胆囊切除,胆总管探查

     D. 胆囊切除   E. 胆肠吻合

77. 男,3 岁,发现右阴囊内无痛性包块 1 个月。检查:左侧睾丸存在,右侧阴囊为囊性包块所占据,质软,挤压无变化,该包块的诊断首先的检查方法是

     A. 包块穿刺检查   B. 活检术   C. CT 检查

     D. 透光试验   E. B 型超声检查

78. 女性,30 岁,背痛 1 月余,劳累后重,有消瘦、乏力和盗汗。检查:胸椎7~8有压痛及叩痛。为明确诊断下列哪项检查不需要

     A. 血常规及血沉   B. 胸椎正侧位 X 线片   C. 胸片

     D. 结核菌素试验   E. 放射性核素骨扫描

79. 男性,37 岁,右腰部钝器击伤 1 小时,面色苍白,脉搏细弱 110 次/分,血压 70/50mmHg。右肾区较左侧饱满,触痛,腹部平软,无压痛、反跳痛及肌紧张,移动性浊音(一),肠鸣音正常,导尿引流出黄色澄清尿液约 200ml。经快速静脉输液 1000ml,输血 800ml,病情无改善,血压继续下降。该患者的损伤为

     A. 肝破裂   B. 肾挫伤   C. 肾部分裂伤

     D. 肾全层裂伤   E. 肾蒂断裂

80. 女性,67 岁,双膝关节痛、畸形 5 年,现只能忍痛行走 100 米。检查:O 形腿,膝关节活动范围 30°～60°,X 线平片示双膝内侧关节间隙消失,股胫角 190°。治疗首选

     A. 卧床休息,保护患肢   B. 关节内注射局麻药及类固醇激素

     C. 关节镜下膝关节清理   D. 人工全膝关节置换

     E. 膝关节融合术

B 型 题

　　A. 等容收缩期　　　　　B. 快速射血期　　　　C. 减慢射血期
　　D. 等容舒张期　　　　　E. 心房收缩期

81. 心动周期中心室内压下降速度最快的时相是

82. 心动周期中冠脉血流量急剧降低发生在

　　A. 长吸式呼吸　　　　　B. 喘息样呼吸　　　　C. 陈-施呼吸
　　D. 比奥呼吸　　　　　　E. 深慢呼吸

83. 在脑桥上、中部之间横断脑干并同时切断双侧颈迷走神经,动物将出现

84. 在脑桥和延髓之间横断脑干,动物将出现

　　A. 细胞水肿　　　　　　B. 脂肪变性　　　　　C. 萎缩
　　D. 纤维素样坏死　　　　E. 包裹钙化

85. 肝细胞气球样变性是

86. 肺结核干酪样坏死转向愈合时发生

　　A. 微小病变肾病　　　　　　　　B. 系膜增生性肾小球肾炎
　　C. 系膜毛细血管性肾小球肾炎　　D. 膜性肾病
　　E. 局灶节段性肾小球硬化

87. 对糖皮质激素治疗敏感的是

88. 病理改变可出现"双轨征"的是

　　A. 辅阻遏蛋白　　　　　B. 操纵基因　　　　　C. CAP
　　D. 阻遏蛋白　　　　　　E. 启动子

89. 参与乳糖操纵子正性调控的蛋白因子是

90. 与辅阻遏物结合后才与操纵基因结合的成分是

　　A. 甲胺磷　　　　　　　B. 乐果　　　　　　　C. 美曲膦酯
　　D. 对硫磷　　　　　　　E. 马拉硫磷

91. 哪一种有机磷中毒忌用碳酸氢钠溶液洗胃

92. 哪一种有机磷中毒忌用高锰酸钾溶液洗胃

　　A. 空腹血糖　　　　　　B. 糖化血红蛋白　　　C. 尿糖
　　D. GAD_{65}　　　　　　E. 葡萄糖耐量试验

93. 糖尿病诊断的指标是

94. 糖尿病控制程度的评估指标是

A. 心尖区舒张中晚期隆隆样杂音   B. 胸骨左缘第 3 肋间舒张期叹气样杂音

C. 心尖区全收缩期吹风样杂音   D. 胸骨右缘第 2 肋间收缩期喷射性杂音

E. 胸骨左缘第 4、5 肋间收缩期杂音

95. 二尖瓣关闭不全

96. 主动脉瓣关闭不全

A. 中央型多见   B. 周围型多见   C. 弥漫型多见

D. 由嗜银细胞发生   E. 在肺癌中最为常见

97. 肺大细胞癌

98. 肺腺癌

A. 颈椎结核   B. 胸椎结核   C. 腰椎结核

D. 膝关节结核   E. 髋关节结核

99. 女,16 岁,低热盗汗,腰痛 2 个月,右髂窝出现肿块,B 超检查为液性,右髋关节屈曲活动受限,诊断考虑为

100. 男,10 岁,低热伴右下肢痛,活动受限,跛行,右髋关节"4"字试验阳性,诊断考虑为

C 型 题

答题说明(101～120 题)

A、B、C、D 是备选答案,101～120 是考题。

答题时注意:如果这道题只与答案 A 有关,则请将 A 写在答题纸上;如果这道题只与答案 B 有关,则请将 B 写在答题纸上;如果这道题与答案 A 和 B 都有关,则请将 C 写在答题纸上;如果这道题与答案 A 和 B 都无关,则请将 D 写在答题纸上。

A. 使折光能力增强   B. 使折光能力减弱

C. 两者都能   D. 两者都不能

101. 瞳孔直径的改变能

102. 晶状体形状的改变能

A. 可合并肠急性穿孔   B. 可合并肠大出血

C. 两者均有   D. 两者均无

103. 肠伤寒

104. 细菌性痢疾

A. 细动脉壁玻璃样变   B. 细动脉壁纤维素样坏死

C. 两者均有   D. 两者均无

105. 肾性高血压

106. 恶性高血压

A. 操纵基因   B. 启动子

C. 两者均是   D. 两者均不是

107. 操纵子的组分是

108. 阻遏蛋白结合部位在

A. 反转录酶   B. 蛋白酶
C. 两者均是   D. 两者均非

109. HIV *pol* 基因编码
110. HIV *vif* 基因编码

A. PR 间期延长   B. QT 间期延长
C. 两者都是   D. 两者都不是

111. 心率减慢的心电图特征是
112. 房室传导阻滞的心电图特征是

A. 呕血   B. 脾大
C. 两者均有   D. 两者均无

113. 门静脉高压症患者的食管胃底静脉曲张破裂大出血会出现
114. 胃溃疡大出血会出现

A. 脾功能亢进   B. 黄疸
C. 两者均有   D. 两者均无

115. 胆道出血者可以伴有
116. 门静脉高压症合并食管静脉曲张破裂及肝功能 Child C 级者可表现为

A. 弹进弹出试验   B. 单腿站立试验
C. 两者均可   D. 两者均不可

117. 检查 3 岁小儿先天性髋脱位可用
118. 检查 6 个月小儿先天性髋脱位可用

A. 清除病灶消灭死腔   B. 切开引流
C. 两者均可   D. 两者均不可

119. 慢性骨髓炎有大块死骨,包壳形成不完整,采取哪种治疗措施
120. 慢性骨髓炎急性发作,采取哪种治疗措施

X 型 题

> **答题说明**(121~160 题)
>
> 下列 A、B、C、D 4 个选项中,至少有一个答案是正确的。请您根据题意,有几个正确选项,便在答题纸上将相应题号的相应字母写上,多选或少选均不得分。

121. 神经细胞动作电位和局部兴奋的共同点是
     A. 反应幅度都随刺激强度增大而增大
     B. 反应幅度都随传播距离增大而减小
     C. 都可以叠加或总和
     D. 都有 Na^+ 通道的激活

122. 与其他器官循环相比,脑循环的特点为
     A. 脑血管舒缩程度受较大限制
     B. 存在血脑屏障和血-脑脊液屏障

C. 有很强的自身调节能力

D. 脑活动增加时,相关区域血流量增加

123. 下列关于神经递质鉴定标准的叙述,正确的是

    A. 突触前神经元有合成递质的原料和能力

    B. 兴奋传来时递质经轴浆运输至末梢释放

    C. 递质与后膜受体特异结合后产生生理效应

    D. 递质产生生理效应后很快失活或被清除

124. 下列关于激素的描述,正确的是

    A. 是由内分泌腺或内分泌细胞分泌的

    B. 它们的化学本质不全为蛋白质

    C. 可直接为细胞活动提供能量

    D. 在血液循环中均以激素原或与蛋白结合的形式存在

125. 下列哪些细胞活动过程本身需要耗能

    A. 维持正常的静息电位

    B. 达到阈电位时出现大量的 Na^+ 内流

    C. 动作电位复极相中的 K^+ 外流

    D. 骨骼肌胞质中 Ca^{2+} 向肌质网内部聚集

126. 机体组织液和血浆相同的是

    A. Na^+ 浓度   B. Cl^- 浓度

    C. 晶体渗透压   D. 蛋白质

127. 下列哪些离子的流动参与窦房结动作电位的形成

    A. Ca^{2+} B. Na^+

    C. Cl^- D. K^+

128. Langhans 巨细胞可出现在下列何种疾病中

    A. 结核病   B. 伤寒

    C. 梅毒   D. 异物肉芽肿

129. 下列病变中哪些可以发生机化

    A. 心肌梗死   B. 脑软化灶

    C. 血肿   D. 风湿性心内膜炎时瓣膜上的疣赘物

130. 继发性肺结核的病理特点有

    A. 多局限于肺内   B. 常见空洞形成

    C. 病变新旧不一   D. 病变上轻下重

131. 下列关于脑动脉粥样硬化的说法,错误的是

    A. 病变以豆纹动脉多见   B. 可形成脑小动脉瘤

    C. 可形成脑软化   D. 脑出血严重

132. 下列哪些属于变异型的 R-S 细胞

    A. 陷窝细胞   B. 泡沫细胞

    C. 爆米花细胞   D. 镜影细胞

133. 慢性肺淤血的病理改变可以有

    A. 肺泡间隔毛细血管扩张   B. 肺间质纤维化

C. 肺泡腔内心力衰竭细胞   D. 肺泡腔内水肿液

134. 下述有关白细胞渗出的描述中,哪些是正确的

    A. 白细胞渗出是主动过程

    B. 内皮细胞和白细胞表面黏附分子增加

    C. 伴随的红细胞漏出也是主动过程

    D. 趋化因子的作用无特异性

135. 蛋白质沉淀、变性和凝固的关系,下面叙述正确的是

    A. 蛋白质沉淀后必然变性   B. 蛋白质凝固后一定会变性

    C. 变性的蛋白质一定要凝固   D. 变性的蛋白质不一定会沉淀

136. 关于 DNA 聚合酶作用的叙述有

    A. DNApol Ⅰ 在损伤修复中发挥作用

    B. DNApol Ⅰ 有去除引物的作用

    C. DNApol Ⅲ 是复制中起主要作用的酶

    D. DNApol Ⅱ 是复制中起主要作用的酶

137. 转录因子 DNA 结合域常见形式有

    A. 发夹结构   B. 锌指结构

    C. 碱性亮氨酸拉链   D. 碱性螺旋-环-螺旋结构

138. 理想的载体应该具备下列哪些特征

    A. 含有一个或多个筛选标记

    B. 载体 DNA 和宿主细胞的染色体 DNA 易分开

    C. 可以装载较大分子量的目的基因

    D. 具有多个单一限制性内切酶酶切位点

139. 下列关于 eIF2 的描述,正确的有

    A. 真核生物蛋白质合成调控的关键物质

    B. 白喉毒素对其起共价修饰作用使其失活

    C. 是生成起始复合物必需的蛋白质因子

    D. 先与蛋氨酰-tRNA 及 GTP 结合成复合物,再结合 40S 小亚基

140. 常见的抗药性筛选有

    A. 抗青霉素   B. 抗氨苄青霉素

    C. 抗四环素   D. 抗氯霉素

141. 下列哪些心力衰竭适宜使用洋地黄治疗

    A. 风湿性心脏病伴心衰   B. 高血压性心脏病伴心衰

    C. 扩张型心肌病伴心衰   D. 肥厚梗阻型心肌病伴心衰

142. 下列哪些符合漏出性胸腔积液的实验室检查结果

    A. 常为草黄色液体   B. 胸液 LDH/血清 LDH<0.6

    C. 胸液 Rivalta 试验阴性   D. 胸液细胞数常少于 $100×10^6/L$

143. 关于慢性胃体萎缩性胃炎的描述,正确的有

    A. 血清壁细胞抗体阳性   B. 固有腺体增多

    C. 维生素 B_{12} 吸收试验阳性   D. 血清促胃液素水平下降

144. 急性肾小管坏死患者如作尿液检查,可能会出现

A. 尿比重降低且较固定,多在 1.015 以下

  B. 尿渗透浓度低于 350mmol/L

  C. 尿钠多在 20mmol/L 以下

  D. 滤过钠排泄分数常大于 1

145. 下列有关 ITP 的描述,正确的有

  A. 脾明显肿大   B. 出血时间延长

  C. 巨核细胞体积变大   D. 骨髓巨核细胞数量增多

146. 糖皮质激素适用于下列哪些溶血病因的治疗

  A. 阵发性睡眠性血红蛋白尿 B. 自身免疫性溶血性贫血

  C. 海洋性贫血   D. 食蚕豆后急性溶血

147. 关于慢性肾功能不全的分期,正确的有

  A. 储备能力下降期:GFR 降至正常的 50%~80%,血肌酐正常

  B. 氮质血症期:GFR 降至正常的 25%~50%,相当于 CKD 的第 2 期

  C. 肾衰早期:血肌酐高于正常但 $<450\mu mol/L$,相当于 CKD 的第 3 期

  D. 肾衰竭期:GFR 降至正常的 10%~25%,相当于 CKD 的第 4 期

148. 上消化道出血的常见原因有

  A. 胃癌   B. 胃与十二指肠溃疡

  C. 食管胃底静脉曲张   D. 急性糜烂性出血性胃炎

149. 溃疡性肠炎的治疗原则,正确的有

  A. 控制急性发作   B. 缓解病情

  C. 减少复发   D. 防止并发症

150. 关于 Crohn 病的临床表现,下述正确的有

  A. 腹泻以黏液血便为主   B. 右下腹或脐周可扪到腹块

  C. 可有肛周瘘管及脓肿   D. 全腹剧痛、腹肌紧张提示有肠穿孔

151. 引起低血钾的原因有

  A. 持续胃肠减压   B. 挤压综合征

  C. 应用螺内酯利尿   D. 肠瘘

152. 关于无张力疝修补术描述正确的是

  A. 复发率低于传统疝修补 B. 常用的修补材料是合成纤维网

  C. 实际是加强腹股沟前壁方法 D. 修补网片必须是惰性、无致癌性

153. 在骨盆骨折中,下列哪种说法是正确的

  A. 骨盆骨折的并发症常较骨折本身更为严重

  B. 骨盆骨折产生的巨大血肿可沿腹膜后蔓延到肾区、膈下或肠系膜

  C. 腹膜后血肿可出现休克、腹痛、腹肌紧张等腹膜激惹症状

  D. 骨盆骨折合并膀胱损伤的可能性大于尿道损伤

154. 关于甲状腺结节的鉴别诊断,下列描述正确的有

  A. 儿童时期出现的甲状腺结节,50% 为恶性

  B. 年轻男性的单个结节要警惕恶性的可能

  C. 过去甲状腺正常,突然发生结节,且短期发展较快,恶性的可能性大

  D. "热结节"常提示为高功能腺瘤,一般不恶变

155. 自体输血的禁忌证是
    A. 血液可能受癌细胞污染者
    B. 患有严重贫血者
    C. 有多处复合伤者
    D. 肾功能不全者

156. 骨折的晚期并发症有
    A. 大面积压疮
    B. 缺血性骨坏死
    C. 坠积性肺炎
    D. 骨折延迟愈合

157. 膝关节骨关节炎手术治疗的目的是
    A. 解除症状
    B. 改进活动范围
    C. 增强关节稳定性
    D. 延缓病程进展

158. 下列各项哪些是肺癌手术的禁忌证
    A. 远处转移,脑、肝、骨等转移
    B. 心肺功能不全,全身情况极差
    C. 锁骨上淋巴结转移
    D. 严重侵犯周围器官,估计无法切除

159. 下列哪一种疾病不属于胃癌的癌前病变
    A. 胃息肉
    B. 胃溃疡
    C. 胃酸缺乏症
    D. 萎缩性胃炎

160. 食管、胃底静脉曲张破裂出血的临床特点为
    A. 首次出血的死亡率可高达25%
    B. 出血不易自止
    C. 易诱发肝性脑病
    D. 半数患者1~2年内可以再次大出血

同等学力人员申请硕士学位临床医学学科综合水平全国统一考试模拟试卷五

A₁ 型 题

答题说明(1~50题)

每一道题下面有 A、B、C、D、E 5 个备选答案。在答题时,只需从中选择一个最合适的答案,写在答题纸上。

1. 应急反应时血中肾上腺素浓度增高,引起心血管和呼吸等活动加强,这一调节属于
   - A. 神经调节
   - B. 神经-体液调节
   - C. 旁分泌调节
   - D. 神经分泌调节
   - E. 自身调节

2. 用做衡量组织兴奋性高低的指标通常是
   - A. 组织反应强度
   - B. 动作电位幅度
   - C. 动作电位频率
   - D. 阈刺激或阈强度
   - E. 刺激持续时间

3. 下列关于球形红细胞的叙述,正确的是
   - A. 变形能力增大
   - B. 脆性增大
   - C. 沉降率增快
   - D. 血细胞比容增大
   - E. 表面积与体积的比值增大

4. 如果外周阻力不变,每搏量增大,则动脉血压的变化为
   - A. 收缩压升高,舒张压降低
   - B. 收缩压不变,舒张压升高
   - C. 收缩压升高,舒张压不变
   - D. 收缩压升高比舒张压升高更明显
   - E. 舒张压升高比收缩压升高更明显

5. 当呼吸幅度减小而呼吸频率加快时,受影响最大的是
   - A. 肺通气量
   - B. 无效腔气量
   - C. 肺泡通气量
   - D. 功能残气量
   - E. 肺扩散容量

6. 酸性食糜进入小肠引起大量胰液分泌的主要机制是
   - A. 交感神经兴奋
   - B. 迷走神经兴奋
   - C. 小肠黏膜释放促胃液素
   - D. 小肠黏膜释放缩胆囊素
   - E. 小肠黏膜释放促胰液素

7. 调节人体产热活动最重要的体液因素是
   - A. 去甲肾上腺素
   - B. 肾上腺素
   - C. 甲状腺激素
   - D. 甲状旁腺激素
   - E. 生长素

8. 下列关于正常人眼调节的叙述,正确的是
   - A. 视远物时需调节才能清晰地成像于视网膜上
   - B. 晶状体变凸使物像后移而成像于视网膜上
   - C. 近点距离越近,眼的调节能力越差
   - D. 人眼的调节主要靠双眼球会聚来实现

E. 眼视近物时晶状体形状的改变通过反射实现

9. 与运动调节有关的黑质-纹状体通路的递质是
  A. 乙酰胆碱　　　　　　　B. 多巴胺　　　　　　　　C. 5-羟色胺
  D. 甘氨酸　　　　　　　　E. γ-氨基丁酸

10. 下列哪种疾病不易引起玻璃样变性
  A. 肾小球肾炎　　　　　　B. 动脉粥样硬化　　　　　C. 高血压
  D. 酒精性肝病　　　　　　E. 支气管肺炎

11. 对萎缩概念理解正确的是
  A. 组织或器官内细胞体积减小和数目减少
  B. 发育正常的器官、组织内实质细胞体积减小和数目减少
  C. 组织或器官内间质减少
  D. 萎缩性病变一般不能恢复
  E. 凡是比正常体积小的细胞、组织和器官

12. 下列哪一种是良性肿瘤
  A. 霍奇金病　　　　　　　B. 蕈样肉芽肿　　　　　　C. 淋巴瘤
  D. 绒毛膜癌　　　　　　　E. 成熟性囊性畸胎瘤

13. 引起儿童肾病综合征的最常见肾小球疾病是
  A. 脂性肾病　　　　　　　B. 新月体性肾小球肾炎　　C. IgA 肾病
  D. 局灶性节段性肾小球肾炎　E. 弥漫增生性肾小球肾炎

14. 结核性腹膜炎的病变性质通常属于
  A. 渗出性炎　　　　　　　B. 化脓性炎　　　　　　　C. 浆液性炎
  D. 出血性炎　　　　　　　E. 肉芽肿性炎

15. AIDS 患者晚期外周血细胞减少最显著的是
  A. CD4$^+$ 细胞　　　　　　B. CD8$^+$ 细胞　　　　　　C. CD16$^+$ 细胞
  D. CD14$^+$ 细胞　　　　　　E. CD56$^+$ 细胞

16. 透明血栓的主要成分是
  A. 血小板　　　　　　　　B. 中性粒细胞　　　　　　C. 红细胞
  D. 单核细胞　　　　　　　E. 纤维蛋白

17. 蛋白质吸收紫外光能力的大小,主要取决于
  A. 含硫氨基酸的含量　　　　　　　　　B. 肽链中的肽键
  C. 酸性氨基酸的含量　　　　　　　　　D. 芳香族氨基酸的含量
  E. 脂肪族氨基酸的含量

18. 在 mRNA 中,核苷酸之间以何种化学键连接
  A. 磷酸酯键　　　　　　　B. 疏水键　　　　　　　　C. 糖苷键
  D. 磷酸二酯键　　　　　　E. 氢键

19. tRNA 臂在蛋白质生物合成时起下列哪种作用
  A. 结合核糖体　　　　　　　　　　　B. 识别起始密码子
  C. 识别三联体密码子　　　　　　　　D. 携带相应氨基酸
  E. 结合 mRNA

20. DNA 复制需要:(1)DNA 聚合酶Ⅲ;(2)解链蛋白;(3)DNA 聚合酶Ⅰ;(4)DNA 指

导的 RNA 聚合酶;(5)DNA 连接酶参加。其作用的顺序是

    A. (4)(3)(1)(2)(5)   B. (4)(2)(1)(3)(5)

    C. (2)(3)(4)(1)(5)   D. (2)(4)(1)(3)(5)

    E. (2)(4)(3)(1)(5)

21. RNA 聚合酶中识别模板转录起始部位的亚基是

    A. 原核 RNA 聚合酶亚基 δ   B. 原核 RNA 聚合酶亚基 α

    C. 原核 RNA 聚合酶亚基 β   D. 原核 RNA 聚合酶亚基 β′

    E. 原核 RNA 聚合酶亚基 σ

22. 基因表达就是

    A. 基因转录的过程   B. 基因翻译的过程

    C. 基因转录和转录/翻译的过程   D. 基因复制的过程

    E. 基因复制、转录和翻译的过程

23. 下列关于氨基酸密码子的描述,哪一项是错误的

    A. 密码子有种属特异性,所以不同生物合成不同的蛋白质

    B. 密码子阅读有方向性,5′端起始,3′端终止

    C. 一种氨基酸可有一组以上的密码子

    D. 一组密码子只代表一种氨基酸

    E. AUG 既是起始密码子,又是 Met 的密码子

24. 下列有关 G 蛋白的描述错误的是

    A. 与 GTP 或 GDP 结合

    B. 位于细胞膜胞液面

    C. 由 α、β 和 γ 三个亚基组成

    D. G 蛋白有非活化型、活化型和功能型三种构象

    E. 不同的 G 蛋白 α 亚基不同,但多数 β 和 γ 亚基相同

25. 下列哪一物质是磷脂酶 C 水解甘油磷脂后的产物

    A. 脂肪酸   B. 甘油二酯   C. 溶血磷脂 1

    D. 溶血磷脂 2   E. 甘油

26. 不稳定型心绞痛与非 ST 段抬高的心肌梗死的主要区别在于

    A. 疼痛持续时间≤20 分钟

    B. 血中心肌梗死标记物的升高与否

    C. 48 小时内是否有多次心绞痛发作

    D. 是否在安静状态下疼痛

    E. 疼痛发作是否有明确的诱因

27. 肺源性心脏病导致心力衰竭的最主要的原因是

    A. 心肌缺氧   B. 血液黏稠度增加

    C. 肺动脉高压超过右心负荷   D. 水电解质平衡失调

    E. 肺内反复感染时对心肌的毒性作用

28. 有关二尖瓣狭窄发生、发展的病理生理过程,以下哪项提法是不对的

    A. 二尖瓣狭窄→左房压、肺静脉压↑→反应性肺动脉压↑

    B. 持续肺动脉压↑→右心负荷增加

C. 右心代偿肥厚,收缩力增加→肺血增加→易咯血痰

D. 右心失代偿时,血痰减少,可有双下肢水肿,肝大

E. 右心衰竭后,阵发性夜间呼吸困难增加

29. Ⅱ型呼吸衰竭最常见于下列哪一种疾病

    A. 大叶肺炎   B. 特发性肺间质纤维化

    C. 慢性阻塞性肺疾病   D. ARDS

    E. 浸润型肺结核

30. 关于胸腔积液形成的机制,下列哪项是错误的

    A. 胸膜通透性增加

    B. 胸膜毛细血管内静水压增高

    C. 壁胸膜淋巴引流障碍

    D. 胸膜毛细血管内胶体渗透压增高

    E. 损伤致胸腔内出血

31. 关于吸入性肺脓肿,下列哪一项不正确

    A. 多属厌氧菌为主的混合感染,痰一般细菌培养不易生长

    B. 好发于右上叶后段和右或左下叶的背段

    C. X线片可见空洞,其内壁凹凸不平,为偏心性的空洞

    D. 咳出大量脓痰,且常有恶臭

    E. 有效抗生素的治疗,一般不应少于8周

32. 下列哪种药物不能单独用于治疗消化性溃疡

    A. 枸橼酸铋钾   B. 阿莫西林   C. 奥美拉唑

    D. 硫糖铝   E. 前列腺素E

33. 关于肝性脑病的论述,下列哪项不正确

    A. 乙酰胆碱是兴奋性神经递质   B. γ-氨基丁酸是抑制性神经递质

    C. 5-羟色胺为假神经递质   D. 硫醇与肝臭有关

    E. 氨可干扰脑的能量代谢

34. 肠易激综合征(IBS)最主要的症状是

    A. 腹泻   B. 便秘   C. 消化不良

    D. 腹痛   E. 排便不尽感

35. Auer 小体不见于

    A. M_1型白血病   B. M_2型白血病   C. M_3型白血病

    D. 急性淋巴细胞白血病   E. 急性单核细胞白血病

36. 下列哪项不是血管内溶血检查指标

    A. 尿潜血试验   B. 含铁血黄素尿   C. 血清结合珠蛋白

    D. 血浆游离血红蛋白   E. 海因小体

37. 患者甲状腺摄[131]I率增高,且高峰前移,提示其疾病为

    A. 地方性甲状腺肿   B. 单纯性甲状腺肿   C. 亚急性甲状腺炎

    D. Graves 病   E. 慢性淋巴细胞性甲状腺炎

38. 我国引起慢性肾衰竭常见的病因是

    A. 糖尿病肾病   B. 慢性肾小球肾炎   C. 高血压肾病

D. 梗阻性肾病   E. 多囊肾

39. 外科患者最易发生哪种体液代谢失调

    A. 等渗性缺水   B. 高渗性缺水   C. 低渗性缺水

    D. 急性水中毒   E. 慢性水中毒

40. 以下哪项不是输血的适应证

    A. 烧伤   B. 大手术出血   C. 出血性疾病

    D. 肾衰竭   E. 血液中毒

41. 对糖尿患者的术前术后处理,下列哪项是错误的

    A. 术前应适当控制血糖

    B. 术前应纠正水电解质代谢紊乱和酸中毒

    C. 术前应维持血糖于＋～＋＋

    D. 手术应在当天尽早施行,以缩短术前禁食时间,避免酮生成

    E. 术后尿糖＋,可用胰岛素 5U

42. 多根多处肋骨骨折引起的反常呼吸,在吸气时下述哪项不正确

    A. 软化区胸壁内陷   B. 纵隔摆向健侧

    C. 横膈上升   D. 患侧气道内的气体进入健侧肺

    E. 影响静脉血液回流

43. 下列哪项不是甲状腺危象的治疗

    A. 运用肾上腺素能阻滞剂   B. 口服或静脉点滴碘剂   C. 镇静剂

    D. 再次手术   E. 降温

44. 对早期食管癌,简单易行的确诊方法是

    A. X线钡餐检查   B. 食管镜检查

    C. 带网气囊食管脱落细胞检查   D. CT 检查

    E. 锁骨上淋巴结活检

45. 有关左侧腹股沟滑动性疝的描述,下列哪项是不正确的

    A. 一般为难复性疝   B. 疝内容物不会是大网膜

    C. 膀胱可成为疝囊的一部分   D. 可发生嵌顿

    E. 乙状结肠可成为疝囊的一部分

46. 下列哪种疾病不宜做肛门指诊

    A. 内痔   B. 肛裂   C. 直肠癌

    D. 肛瘘   E. 直肠息肉

47. 急性梗阻性化脓性胆管炎,最关键的治疗是

    A. 纠正休克   B. 抗感染

    C. 胆道减压解除梗阻   D. 胆囊切除

    E. 纠正酸中毒

48. 有关胃癌的转移,错误的描述是

    A. 可直接蔓延   B. 早期多为血行转移

    C. 可腹腔种植于腹膜、大网膜   D. 淋巴转移是最主要转移方式

    E. 可转移至卵巢,确切机制尚不清楚

49. 下列哪项不符合股骨颈骨折的临床表现

A. 患髋有压痛 B. Bryant 三角底边增加 C. 患肢缩短

D. 大转子明显突出 E. 外旋畸形

50. 膀胱三角区有蒂乳头瘤(T_1 期),肿瘤直径小于 2cm,治疗应选择

A. 经尿道电切或电灼 B. 膀胱部分切除 C. 膀胱全切除

D. 化学疗法 E. 放射疗法

A_2 型题

答题说明(51~80 题)

每一道题是以一个病例或一种复杂情况出现的,其下面都有 A、B、C、D、E 5 个备选答案。请从中选择一个最佳答案,并写在答题纸上。

51. 33 岁男性患者,夜尿增多、高血压 2 年,恶心、呕吐、厌食、少尿 1 周,血肌酐 1070μmol/L,内生肌酐清除率为 10.5ml/min。关于其内分泌激素的改变下列哪项是不对的

A. 血浆 1,25-$(OH)_2D_3$ 降低 B. 血浆肾素水平正常或升高

C. 甲状腺功能降低 D. 甲状旁腺素升高

E. 红细胞生成素降低

52. 血中 T_4、T_3 浓度变化可调节促甲状腺激素的分泌,此属于

A. 长反馈调节 B. 短反馈调节 C. 超短反馈调节

D. 神经调节 E. 自身调节

53. 人体在大量饮清水后,尿量增多的主要原因是

A. 肾小球滤过率增加 B. 肾血浆流量增多

C. 血浆胶体渗透压降低 D. 血管升压素分泌减少

E. 醛固酮分泌减少

54. 某男,60 岁,肝硬化患者,常有鼻出血、牙龈出血、皮肤紫癜和胃肠出血等倾向,其原因为

A. 某些凝血因子合成减少 B. 血小板减少

C. 血中抗凝物质增加 D. 凝血因子Ⅲ不足

E. 维生素 K 减少

55. 如果潮气量减少一半,而呼吸频率加快一倍,则

A. 肺通气量增加 B. 肺通气量减少 C. 肺泡通气量增加

D. 肺泡通气量减少 E. 肺泡通气量不变

56. 男性,20 岁,轻度腹泻,伴黏液便 4 年。肠镜检查,结肠黏膜广泛密布米粒到黄豆大的息肉。病变符合哪种疾病

A. 结肠腺瘤 B. 结肠癌

C. 家族性腺瘤性息肉病 D. 神经纤维瘤病

E. 家族性大肠癌

57. 男性,42 岁,间断咳嗽、痰中带血 3 个月,乏力、纳差伴尿少、水肿 1 周。查体:贫血貌,血压高。化验尿蛋白(+++),沉渣红细胞 8~10 个/HP,血红蛋白 80g/L,血肌酐及尿素氮均升高,抗肾小球基膜抗体(-),ANCA(+)。其肾活检最可能的免疫病理所见是

A. IgG 及 C3 呈线条状沉积于毛细血管壁

B. IgG 及 C3 呈细颗粒状沿毛细血管壁沉积

C. IgG 及 C3 呈颗粒状沉积于系膜区及毛细血管壁

D. 无或仅微量免疫沉积物

E. IgG、IgA、IgM、C3、C1q 呈多部位沉积

58. 男性，49 岁，体检发现右上肺有大小约 3.5cm×2.5cm 结节状界限不清病灶，疑为肿瘤。在超声引导下做肿物穿刺活检。病理报告为结核，病灶中有明显坏死及结核性肉芽肿形成，此种坏死是

A. 凝固性坏死　　　　　B. 纤维素性坏死　　　　　C. 液化性坏死

D. 失血性坏死　　　　　E. 干酪性坏死

59. 女性，70 岁，4 天前患左室壁心肌梗死，卧床休息，早晨起床时感右侧肢体麻木，继而发生右侧偏瘫，并有失语。诊断为脑血管栓塞，脑栓塞的血栓可能来自

A. 右心室　　　　　B. 左心室　　　　　C. 右心房

D. 下肢静脉　　　　　E. 肺动脉

60. 女性，25 岁，患风湿病 5 年。听诊可以听到心包摩擦音。心包腔的渗出物的主要成分为

A. 淋巴细胞　　　　　B. 纤维素　　　　　C. 中性粒细胞

D. 单核细胞　　　　　E. 红细胞

61. 第一个对艾滋病有效的药物是 AZT(齐多夫定)，它降低艾滋病母婴传播达 30%，下面哪项作用机制正确

A. 抑制蛋白质合成　　　　　B. 抑制 RNA 合成

C. 抑制病毒 DNA 聚合酶　　　　　D. 刺激前病毒 DNA 产生

E. 抑制病毒反转录酶

62. 人 DNA 样品经加温变性至主要部分出现光吸收增强，而小部分却要高得多的温度才变性。这小部分 DNA 片段哪项含量较高

A. A+C　　　　　B. C+G　　　　　C. A+G

D. C+T　　　　　E. A+T

63. 某些氨基酸不见于新合成的蛋白质一级结构中，是后来修饰的。在维生素 C 缺乏病中，作为胶原的哪个氨基酸未被修饰

A. 羟色氨酸　　　　　B. 羟组氨酸　　　　　C. 羟丙氨酸

D. 羟酪氨酸　　　　　E. 羟脯氨酸

64. 限制性内切酶片段长度多态性(RFLP)分析要在下列哪一种情况下才可用来跟踪遗传性疾病的遗传

A. 限制性片段大小不变，但电荷改变

B. 突变位于限制性切点以外，因而仍可被切

C. 突变基因和正常基因蛋白质电泳行为不同

D. 引起疾病的突变就在或邻近改变了的限制性切点

E. 要应用 mRNA 探针和抗体

65. G 蛋白在细胞信号传导中具有重要作用，G 蛋白直接激活的酶是

A. 蛋白激酶 A　　　　　B. 磷脂酶 A　　　　　C. 磷脂酶 C

D. 蛋白激酶 C 　　　　　　　　E. 蛋白激酶 G

66. 男性,43 岁,因高血压病就诊。下列哪项最能说明此患者为 1 级高血压

    A. 血压 160～180/90～95mmHg

    B. 病程未超过 3 年

    C. 血压 SBP<160mmHg,DBP<100mmHg,非药物治疗可使血压下降

    D. 没有心、脑、肾等器官损害

    E. 单独使用利尿剂可使血压降至正常

67. 男性,50 岁,有冠心病史,心电图为二度 I 型房室传导阻滞。下列哪项与该心律失常无关

    A. 维拉帕米

    B. 冠状动脉造影提示右冠状动脉狭窄 80%

    C. 高血钾(>6.0mmol/L)

    D. 低血钾(<3.0mmol/L)

    E. 地高辛

68. 男,35 岁,反复上腹部疼痛 6 年,多于每年秋季发生,疼痛多出现于餐前,进餐后可缓解,近 2 日疼痛再发,伴反酸。体检发现剑突下压痛,Hb10g/L,便隐血＋＋＋。该患者首先应考虑的诊断是

    A. 消化性溃疡 　　　　　　　　B. 急性胃黏膜损害

    C. 食管贲门黏膜撕裂综合征 　　　D. 胃癌

    E. 胃黏膜脱垂

69. 女,45 岁,支气管哮喘急性发作 3 天,体检:呼吸 30 次/分,两肺叩诊过清音、闻及广泛哮鸣音,心率 110 次/分,律齐。此时行肺功能测定,最可能的表现是

    A. 限制性通气功能障碍

    B. 阻塞性通气功能障碍伴弥散功能障碍

    C. 混合性通气功能障碍

    D. 弥散功能障碍

    E. 阻塞性通气功能障碍

70. 女性,36 岁,幼年患支气管肺炎,以后常有咳嗽、咳脓性痰,咳痰量每日不等,4 年前开始咯血,1 周前因发热、咳痰量增加,每日 150ml 左右入院治疗。此时检查最可能发现的体征是

    A. 两肺呼吸音低 　　　　　　　　B. 肺部无异常体征

    C. 下胸部局限性湿啰音 　　　　　D. 两肺散在干啰音

    E. 两肺哮鸣音

71. 17 岁男性患者,咽痛、咳嗽、发热后 10 天出现全身水肿、尿量减少,血压 157.5/98mmHg,实验室检查:血红蛋白 125g/L,白细胞 5.7×10⁹/L,尿蛋白(＋),尿红细胞(＋＋＋),白细胞 0～3 个/HP,颗粒管型 0～1 个/HP。下述哪种诊断可能性最大

    A. 慢性肾小球肾炎急性发作 　B. 急进性肾小球肾炎 　　　C. 急性肾小球肾炎

    D. 肾病综合征 　　　　　　　E. 隐匿性肾小球肾炎

72. 女性,55 岁。腋下淋巴结肿大 1 个月。疑为淋巴瘤,下列哪项不符合其肿大的淋巴结特点

A. 无痛性   B. 少量饮酒后引起淋巴结疼痛

C. 可融合成块   D. 无进行性肿大

E. 进行性肿大

73. 女,34岁,住院患者,有明显基础代谢增高症状及交感神经兴奋症状,浸润性突眼,甲状腺Ⅲ度弥漫性肿大,质软,双侧甲状腺上下极均可闻及血管杂音。病史中下列哪一项可能是错误的

A. 多食反而消瘦   B. 易激动   C. 月经量多

D. 大便次数增多   E. 复视

74. 女,47岁,左乳腺肿块1个月,位于外上象限,大小3cm×3cm,硬,无压痛,表面不光滑,活动尚好。此患者应首先考虑为

A. 乳管内乳头状瘤   B. 乳腺癌   C. 乳腺囊性增生病

D. 乳腺纤维腺瘤   E. 急性乳腺炎

75. 男性,42岁,阵发性剑突下偏右腹痛6小时,发作时辗转不安,缓解时症状消失。查体:体温37.5℃,心率85次/分,腹软,剑突下及其右方压痛轻微,为明确诊断宜行下列哪项检查

A. 腹部X线平片   B. 腹部B超   C. 血淀粉酶测定

D. PTCD   E. CT检查

76. 女,38岁,腰痛1年,加重2个月,体格检查怀疑腰椎结核,下列哪项是不恰当的

A. 摄腰椎X线平片   B. 查ESR   C. CT

D. MRI   E. 核素扫描

77. 男性,60岁,腰痛3周,无明显外伤史,X线片示第三腰椎椎体破坏,压缩楔形变,椎间隙正常。最可能的诊断是

A. 脊椎结核   B. 脊椎肿瘤   C. 脊椎骨折

D. 强直性脊柱炎   E. 化脓性脊椎炎

78. 某患者骑跨伤后3天,排尿困难,尿道口流血。查体:发热,阴囊明显肿大,青紫,其处理应是

A. 立即施行尿道修补

B. 立即行尿道会师

C. 以金属导尿管导尿

D. 以橡皮导尿管导尿并留置

E. 耻骨上膀胱造瘘及引流外渗尿液

79. 男性,21岁,骑车摔倒,X线片示右腓骨上端骨折,未予处理,回家后右足下垂,不能背伸。最有可能是因为

A. 伤及腓总神经   B. 伤及胫神经   C. 伤及腓肠神经

D. 伤及隐神经   E. 伤及腓神经交通支

80. 男性,42岁,阵发性左腰部疼痛,剧烈难忍,伴恶心呕吐,疼痛向同侧睾丸和大腿内侧放射,尿常规检查:RBC 10~15个/HP。其原因可能是

A. 左肾盂鹿角形结石   B. 左输尿管结石   C. 膀胱结石

D. 尿道结石   E. 前列腺结石

B 型 题

答题说明(81~100 题)

A、B、C、D、E 是备选答案,81~100 是考题。

答题时注意:如果这道题只与答案 A 有关,则请将 A 写在答题纸上;如果这道题只与答案 B 有关,则请将 B 写在答题纸上;余类推。每一答案可以选择一次或一次以上,也可以一次也不选择。

A. 心房收缩期末　　　　　B. 等容收缩期末　　　　　C. 快速射血期末
D. 减慢射血期末　　　　　E. 等容舒张期末

81. 心动周期中,主动脉压最高见于

82. 心动周期中,主动脉压最低见于

A. 红细胞数目　　　　　　B. 血浆总蛋白含量　　　　C. 血浆球蛋白含量
D. 血浆白蛋白含量　　　　E. 血浆 NaCl 含量

83. 血液的黏滞性主要决定于

84. 血浆总渗透压主要决定于

A. 淋巴细胞渗出为主的炎症　　　　　　　B. 纤维蛋白渗出为主的炎症
C. 浆液渗出为主的炎症　　　　　　　　　D. 单核巨噬细胞渗出为主的炎症
E. 中性粒细胞渗出为主的炎症

85. 大叶性肺炎是

86. 小叶性肺炎是

A. 假小叶均较小,纤维间隔较薄,炎细胞浸润较轻

B. 假小叶大小不等,纤维间隔较厚,炎细胞浸润较重

C. 肝细胞桥接坏死,纤维条索增生,开始分隔肝小叶

D. 肝细胞大片崩解坏死,肝细胞再生结节,纤维组织增生

E. 肝细胞大片崩解坏死,肝细胞再生不明显,炎细胞浸润

87. 坏死后性肝硬化的病理表现为

88. 酒精性肝硬化的病理表现为

A. 不被转录的序列　　　　B. 编码序列　　　　　　　C. 被翻译的序列
D. 被转录的序列　　　　　E. 不被翻译的序列

89. 内含子是指

90. 外显子是指

A. 短效巴比妥类　　　　　B. 苯巴比妥　　　　　　　C. 水杨酸类
D. 甲醇　　　　　　　　　E. 锂

91. 血液灌流可清除

92. 透析疗法不能很好清除

A. 血非结合胆红素增高、贫血、网织红细胞增高

B. 血非结合胆红素增高、贫血、网织红细胞正常或减低

C. 血非结合胆红素增高、无贫血、网织红细胞正常

D. 血非结合胆红素正常、贫血、网织红细胞减低

E. 血非结合胆红素正常、贫血、网织红细胞正常

93. 符合 MDS 的是

94. 符合再生障碍性贫血的是

A. 肾上腺皮质腺瘤   B. Cushing 病   C. 异位 ACTH 综合征

D. 单纯性肥胖   E. 肾上腺皮质癌

95. 哪种疾病小剂量地塞米松抑制试验可被抑制

96. 哪种疾病大剂量地塞米松抑制试验可被抑制

A. 肠粘连松解术或肠扭转复位术   B. 肠切除吻合术

C. 短路手术   D. 肠造口术

E. 肠外置术

97. 女性,55 岁,腹胀便血 3 个月,停止排便排气 1 周,查体消瘦、贫血、腹胀、移动性浊音(＋),纤维结肠镜检见乙状结肠环形缩窄肿物,固定。目前恰当的治疗方法是

98. 男性,35 岁,因急性肠梗阻开腹探查,发现小肠肿物致部分小肠扭转。选择治疗的方法是

A. 狭窄性腱鞘炎   B. 类风湿关节炎   C. 髌骨软化症

D. 肩周炎   E. 腰椎间盘突出症

99. 女,34 岁,双手指关节晨起僵硬、疼痛,指关节肿胀、压痛,X 线片示指骨骨质疏松,关节周围软组织肿胀阴影,诊断是

100. 男,26 岁,腰腿痛 1 年,查体:脊柱侧弯畸形,直腿抬高试验及加强试验阳性,左小腿外侧感觉减弱,诊断是

C 型 题

答题说明(101～120 题)

A、B、C、D 是备选答案,101～120 是考题。

答题时注意:如果这道题只与答案 A 有关,则请将 A 写在答题纸上;如果这道题只与答案 B 有关,则请将 B 写在答题纸上;如果这道题与答案 A 和 B 都有关,则请将 C 写在答题纸上;如果这道题与答案 A 和 B 都无关,则请将 D 写在答题纸上。

A. 刺激胃酸分泌   B. 刺激胰分泌 HCO_3^- C. 两者都是   D. 两者都不是

101. 促胃液素的作用是

102. 促胰液素的作用是

A. 淋巴滤泡形成   B. 甲状腺滤泡破坏   C. 两者均有   D. 两者均无

103. 单纯性甲状腺肿

104. 亚急性甲状腺炎

A. 病灶内髓鞘崩解脱失、轴索破坏   B. 出现富含脂肪的格子细胞

C. 两者均有   D. 两者均无

105. 流行性乙型脑炎

106. 播散性脑脊髓炎

    A. K_m增大，V_{max}不变   B. K_m减小，V_{max}降低

    C. 两者均是   D. 两者皆非

107. 非竞争性抑制作用的动力学变化特征是

108. 反竞争性抑制作用的动力学变化特征是

    A. 外壳蛋白   B. 增强致病力   C. 两者均是   D. 两者均非

109. HIV *nef* 基因

110. HIV *gag* 基因

    A. 食管胃底静脉曲张破裂出血   B. 胃肠道黏膜糜烂出血

    C. 两者皆有   D. 两者皆无

111. 原发性肝癌消化道出血原因是

112. 肝硬化消化道出血原因是

    A. 与自身免疫有关   B. 与幽门螺杆菌感染有关

    C. 两者均有   D. 两者均无

113. 慢性胃窦胃炎

114. 慢性胃体胃炎

    A. 外生性或膨胀性生长   B. 浸润性生长

    C. 两者均有   D. 两者均无

115. 良性肿瘤的生长方式多为

116. 恶性肿瘤的生长方式主要为

    A. 患肢放射性疼痛   B. 患肢踝反射改变

    C. 两者均有   D. 两者均无

117. 腰$_5$～骶$_1$椎间盘突出

118. 腰$_{4\sim5}$椎间盘突出

    A. 髋关节屈曲畸形   B. 髋关节外展外旋畸形

    C. 两者均有   D. 两者均无

119. 髋关节后脱位

120. 髋关节前脱位

X 型 题

答题说明（121～160 题）

    下列 A、B、C、D 4 个选项中，至少有一个答案是正确的。请您根据题意，有几个正确选项，便在答题纸上将相应题号的相应字母写上，多选或少选均不得分。

121. 具有局部反应特征的电信号有

    A. 动作电位   B. 突触后电位   C. 终板电位   D. 感受器电位

122. 下列哪些因素可使静脉回流加速
    A. 从卧位到站立   B. 注射肾上腺素
    C. 慢跑   D. 站立在水中

123. 下列关于肾小管泌 NH_3 的描述,正确的是
    A. NH_3 来源于谷氨酰胺脱氨作用   B. NH_3 通过主动转运进入小管液
    C. 能促进肾小管排酸   D. 能促进肾小管重吸收 $NaHCO_3$

124. 当 N 受体被阻断时可出现
    A. 骨骼肌松弛   B. 血压降低
    C. 消化腺分泌增多   D. 肠蠕动增加

125. 和骨骼肌细胞相比,心肌细胞
    A. 一般不出现完全强直收缩   B. 收缩呈"全或无"式
    C. 收缩对细胞外 Ca^{2+} 依赖程度大   D. 长度-张力曲线一般不出现降支

126. 能使氧离曲线右移的因素有
    A. pH 升高   B. 温度升高
    C. 吸入气 CO 浓度升高   D. 2,3-DPG 浓度升高

127. 唾液的生理作用包括
    A. 便于说话   B. 促进胃液分泌
    C. 部分消化淀粉   D. 抗菌作用

128. 动脉粥样硬化的病变有
    A. 单核细胞迁入内膜,形成泡沫细胞
    B. 中膜平滑肌细胞迁入内膜,形成泡沫细胞
    C. 动脉管腔狭窄,甚至闭塞
    D. 动脉中膜钙化

129. 慢性肾盂肾炎的肉眼改变是
    A. 肾体积缩小   B. 肾质地变硬
    C. 肾表面散在脓肿   D. 肾表面有不规则的瘢痕

130. 流行性乙型脑炎镜下可见
    A. 淋巴细胞套   B. 神经细胞卫星现象
    C. 噬神经细胞现象   D. 胶质细胞结节

131. 腺癌多发生于
    A. 胃肠   B. 皮肤   C. 胆囊   D. 子宫体

132. 可引起肺内形成肺纤维化病灶的疾病有
    A. 大叶性肺炎   B. 慢性支气管炎   C. 肺结核   D. 支气管扩张症

133. 鼻咽癌的特点有
    A. 可能与病毒感染有关   B. 以高分化鳞状细胞癌为多见
    C. 大多数发生自鼻咽黏膜鳞状上皮   D. 早期可经淋巴道转移至颈部淋巴结

134. 下列哪些情况可见于肾细胞癌
    A. 多发生于青年人   B. 肿瘤多好发于肾脏上极
    C. 肿瘤组织中有癌巨细胞形成   D. 肿瘤可伴有钙化

135. 蛋白质的二级结构包括

A. α螺旋   B. β折叠   C. 无规卷曲   D. 双螺旋结构

136. 酶作为生物催化剂与一般催化剂的区别是
  A. 高度催化效率   B. 对底物有高度的选择性
  C. 酶促反应无不良反应   D. 不改变反应的平衡点

137. DNA 和 RNA 分子的区别是
  A. 碱基不完全相同   B. 戊糖不同
  C. 空间结构不同   D. 功能不同

138. DNA 复制的特点是
  A. 半保留复制   B. 需合成 RNA 引物
  C. 双向复制   D. 有半不连续性

139. 如果碱基序列具有回文结构,限制性内切酶识别的位点一般为连续的几个碱基
  A. 4个   B. 5个   C. 6个   D. 7个

140. 三聚体 G 蛋白由哪些亚单位组成
  A. α   B. β   C. γ   D. δ

141. 下列有关主动脉瓣狭窄的内科治疗,正确的有
  A. 限盐   B. 多用动脉扩张剂
  C. 预防感染性心内膜炎   D. 心绞痛可用硝酸酯类药物

142. 关于肺结核治疗效果的评价,正确的有
  A. 痰菌转阴为考核疗效的主要指标
  B. 结核菌素试验亦可协助判断病情
  C. 临床治愈时,空洞仍可存在
  D. 临床治愈时,病灶内仍可残留结核菌

143. 下列与急性肾小管坏死有关的因素是
  A. 急进性肾小球肾炎   B. 蜂蜇中毒
  C. 外伤后大出血   D. 氨基糖苷类抗生素

144. 关于胰岛素在糖尿病患者治疗的使用,下列各项正确的有
  A. 适用于 1 型糖尿病患者
  B. 是抢救酮症酸中毒患者的必需药物
  C. 糖尿病患者妊娠时应停用胰岛素
  D. 糖尿病患者大手术前后应使用胰岛素

145. 下列哪项指标不符合渗出液的有
  A. 胸腔积液蛋白<25g/L   B. 胸腔积液蛋白/血清蛋白比值>0.5
  C. 胸腔积液 LDH>200U/L   D. 胸腔积液 LDH/血清 LDH<0.6

146. 风湿性二尖瓣狭窄时,可出现的改变有
  A. 心房颤动   B. 左心室肥大
  C. 右束支传导阻滞   D. 左房肥大,P 波增宽

147. 有关慢性胃炎的预后判断,哪些是正确的
  A. 多灶萎缩性胃炎易发生十二指肠溃疡
  B. 慢性浅表性胃炎可发展为萎缩性胃炎
  C. 慢性胃炎患者溃疡病发病率高

D. 慢性胃窦炎易发生癌变

148. 严重急性肾衰竭少尿期治疗中,下列治疗措施正确的是
  A. 限制钾的摄入   B. 限制水、钠的摄入
  C. 限制蛋白质的摄入   D. 早期给予透析治疗

149. 有关再障,下列各项正确的有
  A. 骨髓增生低下   B. 全血细胞减少
  C. 常见肝脾大   D. 铁剂、叶酸治疗有效

150. 慢性肾炎的主要治疗目的包括
  A. 防止肾功能进行性恶化   B. 延缓肾功能进行性恶化
  C. 改善或缓解临床症状   D. 防治严重并发症

151. 外科中常见的两种休克是
  A. 低血容量性休克   B. 感染性休克
  C. 心源性休克   D. 神经源性休克

152. 下列有关乳腺癌的描述,哪项是正确的
  A. 乳房外上象限发生率最高
  B. 骨转移的主要部位是肋骨
  C. "橘皮征"是皮内和皮下淋巴管被癌细胞堵塞所致
  D. 治疗方针应是尽早手术,辅以放、化疗等综合疗法

153. 下列关于骨折切开复位内固定的指征中,哪些是正确的
  A. 多处骨折或并发主要的血管损伤
  B. 手法复位未能达到解剖复位的标准
  C. 保守治疗未达到功能复位的标准
  D. 关节内骨折手法复位后对位不好者

154. 下列哪些属于骨关节结核病灶清除术的适应证
  A. 脊柱结核合并截瘫者
  B. 窦道流脓,经久不愈者
  C. 有明显死骨或较大脓肿不易自行吸收者
  D. 患者全身中毒症状重,抗结核药物治疗后无效者

155. 肘关节后脱位的并发症有
  A. Volkmann 前臂缺血性挛缩   B. 正中神经损伤
  C. 尺神经损伤   D. 骨化性肌炎

156. 颈椎椎体骨折多发生在
  A. C_4 B. C_5 C. C_6 D. C_7

157. 下列关于休克监测指标的描述,正确的有
  A. 精神状态:反映脑灌流情况
  B. 肢体温度、色泽:反映体表灌流情况
  C. 尿量少于 40ml/h,可诊断早期休克
  D. 中心静脉压:正常值为 0.49~0.98kPa(5~10cmH$_2$O)

158. 下列各项哪些属于输血的适应证
  A. 大量失血   B. 贫血或低蛋白血症

C. 营养和能量供应不足　　　　　　　　D. 凝血异常

159. 中央型肺癌的特点包括
   A. 位于肺门部　　　　　　　　　　　B. 由段以上支气管发生
   C. 多属腺癌　　　　　　　　　　　　D. 不易被纤支镜检查发现

160. 引起上腹痛的外科疾病常见于
   A. 胆石症　　　　B. 急性阑尾炎　　　　C. 胃溃疡穿孔　　　　D. 急性胰腺炎

A₁ 型 题

答题说明(1~50题)

每一道题下面有 A、B、C、D、E 5 个备选答案。在答题时,只需从中选择一个最合适的答案,写在答题纸上。

1. 使某一生理过程很快达到高潮并发挥其最大效应,依靠体内的
   A. 非自动控制系统　　　　B. 负反馈控制系统　　　　C. 正反馈控制系统
   D. 前馈控制系统　　　　　E. 神经和内分泌系统

2. CO_2 和 O_2 跨膜转运属于
   A. 单纯扩散　　　　　　　B. 易化扩散　　　　　　　C. 入胞作用
   D. 原发性主动转运　　　　E. 继发性主动转运

3. 实验中常用的枸橼酸钠的抗凝机制是
   A. 抑制凝血酶的活性　　　B. 防止血小板激活　　　　C. 中和酸性凝血因子
   D. 螯合血浆中的 Ca^{2+}　　E. 抑制激肽系统

4. 血液中 CO_2 的含量主要取决于
   A. CO_2 分压　　　　　　　B. O_2 分压　　　　　　　C. 血液的 pH
   D. 血液的温度　　　　　　E. 血红蛋白浓度

5. 使胰蛋白酶原激活的主要物质是
   A. HCl　　　　　　　　　　B. 肠激酶　　　　　　　　C. HCO_3^-
   D. 胰蛋白酶　　　　　　　E. 糜蛋白酶

6. 人在摄取混合食物时,其呼吸商通常为
   A. 0.6　　　　　　　　　　B. 0.7　　　　　　　　　　C. 0.8
   D. 0.85　　　　　　　　　E. 1.0

7. 大量出汗时尿量减少的主要原因是
   A. 血容量减少,导致肾小球滤过减少
   B. 动脉血压降低,引起抗利尿激素分泌增加
   C. 交感神经兴奋,引起抗利尿激素分泌增加
   D. 血浆晶体渗透压升高,引起抗利尿激素分泌增加
   E. 血浆胶体渗透压升高,导致肾小球滤过减少

8. 晕船是由于下列哪一部位的感受器受到过度刺激所引起
   A. 外、后半规管　　　　　B. 上、外半规管　　　　　C. 上、后半规管
   D. 椭圆囊　　　　　　　　E. 球囊

9. 下列有关孕激素作用的叙述,正确的是

A. 促进子宫内膜发生增生期变化　　　　　B. 促进子宫内膜发生分泌期变化

C. 子宫发育　　　　　D. 促进并维持女性特征

E. 促进子宫收缩

10. 细胞水肿时,主要发生病变的细胞器是

A. 线粒体和内质网　　　　　B. 高尔基复合体和线粒体　　　　C. 核糖体和内质网

D. 内质网和中心体　　　　　E. 核糖体和中心体

11. 慢性支气管炎患者咳黏痰的病理基础是

A. 呼吸上皮细胞变性　　　　　B. 黏膜腺体增生和黏液腺化生

C. 呼吸上皮细胞鳞化　　　　　D. 支气管壁硬化

E. 呼吸上皮细胞坏死

12. 光镜下判断细胞是否坏死,主要观察

A. 染色质形态的改变　　　　　B. 核仁形态的改变

C. 细胞质形态的改变　　　　　D. 细胞核形态的改变

E. 细胞形态的改变

13. 动脉粥样硬化脂纹病变中主要的细胞成分是

A. 单核细胞　　　　　B. T 淋巴细胞　　　　　C. 泡沫细胞

D. 平滑肌细胞　　　　　E. 中性粒细胞

14. 关于淋巴瘤的叙述,错误的是

A. 青少年多见,是儿童最常见的恶性肿瘤之一

B. 肉眼呈结节状,可有假包膜

C. 是原发于淋巴结和结外淋巴组织的恶性肿瘤

D. 分为霍奇金病、非霍奇金病和白血病三大类型

E. 淋巴组织结构破坏,瘤细胞弥漫分布,瘤细胞间可有网状纤维穿插包绕

15. 下列关于艾滋病继发性感染的叙述,错误的是

A. 为严重机会性感染

B. 感染范围广泛,可累及各器官

C. 少数患者可经历一次或多次肺孢子虫感染

D. 以中枢神经系统、肺、消化道受累最为常见

E. 与 CD4+ T 细胞的大量破坏有关

16. 下列关于乳腺癌的描述,错误的是

A. 粉刺癌多位于乳腺中央部位

B. 小叶原位癌多有间质的炎症反应和纤维组织增生

C. 佩吉特病的乳头和乳晕呈湿疹样改变

D. 浸润性导管癌是最常见的乳腺癌类型

E. 腺样囊性癌分化一般较高

17. 属于碱性氨基酸的是

A. 天冬氨酸　　　　　B. 异亮氨酸　　　　　C. 组氨酸

D. 苯丙氨酸　　　　　E. 半胱氨酸

18. 在 DNA 的双螺旋模型中

A. 两条多核苷酸链完全相同

B. 一条链是左手螺旋,另一条链是右手螺旋

    C. A+G/C+T 的比值为 1

    D. A+T/G+C 的比值为 1

    E. 两条链的碱基之间以共价键结合

19. 下列哪项抑制作用属竞争性抑制作用

    A. 砷化合物对巯基酶的抑制作用

    B. 敌敌畏对胆碱酯酶的抑制作用

    C. 磺胺类药物对细菌二氢叶酸合成酶的抑制作用

    D. 重金属盐对某些酶的抑制作用

    E. 氰化物对细胞色素氧化酶的抑制作用

20. 关于变构酶,以下说法正确的是

    A. 变构酶催化的反应都是可逆的

    B. 变构酶与变构剂的结合是不可逆的

    C. 变构酶变构时常伴有磷酸化和脱磷酸化

    D. 所有变构酶都有催化亚基和调节亚基

    E. 多数是代谢途径的限速酶

21. 在真核细胞肽链合成的起始阶段,推动大亚基与小亚基结合的起始因子是

    A. eIF1   B. eIF4   C. eIF5

    D. IF0   E. IF1

22. 下列关于 RNA 聚合酶和 DNA 聚合酶的叙述,哪一项是正确的

    A. 利用核苷二磷酸合成多核苷酸链

    B. RNA 聚合酶需要引物,并在延长的多核苷酸链 5'-末端添加碱基

    C. DNA 聚合酶能同时在链两端添加核苷酸

    D. DNA 聚合酶只能以 RNA 为模板合成 DNA

    E. RNA 聚合酶和 DNA 聚合酶只能在多核苷酸链的 3'-OH 末端添加核苷酸

23. 酶切鉴定 DNA 长度大小过程中使用的酶是

    A. 限制性内切酶   B. 连接酶   C. DNA 聚合酶

    D. S1 核酸酶   E. 反转录酶

24. 催化真核 mRNA 前体转录的酶是

    A. RNA 聚合酶Ⅰ   B. RNA 聚合酶Ⅱ   C. RNA 聚合酶Ⅲ

    D. RNA 复制酶   E. 核酶

25. 下列关于限制性内切酶的叙述哪一项是错误的

    A. 它能识别 DNA 特定的碱基顺序,并在特定的位点切断 DNA

    B. 切割点附近的碱基顺序一般呈回文结构

    C. 识别序列不同,则切割 DNA 后产生的黏性末端不同

    D. 重组 DNA 技术中常用的限制性内切核酸酶为Ⅱ类酶

    E. 主要从细菌中获得

26. 下列哪一种情况不是洋地黄治疗心力衰竭有效的指标

    A. 扩张型心肌病的心影缩小

    B. 心房颤动心室率变为规则而缓慢

C. 风心病二尖瓣关闭不全的杂音增强

D. 气促减轻

E. 心房颤动心室率由 120 次/分减到 80 次/分,不规则

27. 关于急性心肌梗死,以下哪项说法正确

    A. 一旦心肌梗死发生,必定有心电图病理性 Q 波的出现

    B. 一旦心肌梗死,必定有 ST 段的抬高及心肌酶值升高

    C. 心肌梗死后一旦血压下降(80/60mmHg),即可诊断为心源性休克

    D. 心肌梗死后的 24 小时内出现室性心动过速才能诊断再灌注心律失常

    E. 可发生在原有频繁心绞痛的患者

28. 关于主动脉关闭不全的周围血管征,下列哪项不包括在内

    A. 毛细血管搏动征   B. 水冲脉   C. 交替脉

    D. 心脏搏动点头征   E. 杜氏(Duroziez)双期杂音

29. 肺结核出现胸痛是因为

    A. 大片肺组织的干酪性坏死   B. 炎症波及壁胸膜

    C. 肺结核灶侵蚀血管   D. 直接侵犯肋间神经

    E. 出现大的空洞

30. 吸入性肺脓肿不易发生的部位是

    A. 左上叶后段   B. 右上叶后段   C. 双侧下叶背段

    D. 右上叶尖段   E. 右侧下叶后基底段

31. 下列哪项对病毒性肺炎无早期诊断的价值

    A. 病毒分离   B. X 线检查   C. 特异性 IgG 抗体

    D. 临床症状   E. 呼吸道分泌物中细胞核内的包涵体

32. 肠结核的好发部位为

    A. 十二指肠   B. 空肠   C. 回肠

    D. 升结肠   E. 回盲部

33. 慢性胰腺炎传统的"三联症"是指

    A. 上腹痛、胰腺钙化、脂肪泻

    B. 胰腺钙化、脂肪泻、糖尿病

    C. 上腹痛、脂肪泻、糖尿病

    D. 胰腺钙化、糖尿病、胰腺假性囊肿

    E. 脂肪泻、胰腺钙化、胰腺假性囊肿

34. 下列哪项不是引起肾前性少尿或无尿的常见原因

    A. 急性肾小管坏死   B. 严重脱水   C. 失血

    D. 肾病综合征   E. 心力衰竭

35. 急性粒细胞白血病与急性淋巴细胞白血病的鉴别要点是

    A. 前者多有高热、感染、出血

    B. 前者白细胞计数较高,多在 300×10^9 以上

    C. 前者周围血中淋巴细胞减少

    D. 前者骨髓增生多极度活跃

    E. 前者原始细胞 POX 染色阳性

36. 关于急性白血病骨髓移植治疗,下列哪项是错误的
    A. 应采用 HLA 匹配的同胞异基因骨髓
    B. 应在第一次化疗缓解后进行
    C. 应及早进行,与年龄、性别无关
    D. 可选择自体干细胞移植
    E. 异基因骨髓移植可能治愈急性白血病

37. 皮质醇增多症最常见的病因是
    A. 原发性肾上腺皮质腺瘤
    B. 原发性肾上腺皮质腺癌
    C. 医源性皮质醇增多症
    D. 异位 ACTH 综合征
    E. 垂体 ACTH 分泌过多

38. 关于甲状腺功能亢进症,下列哪项正确
    A. 甲状腺腺体本身产生甲状腺激素过多而引起
    B. 因血液中甲状腺激素过多引起
    C. 由自身免疫引起
    D. 不包括 TSH 升高引起的
    E. 炎症为其最常见的病因

39. 关于器官移植的慢性排斥反应,错误的是
    A. ABO 血型配合及淋巴毒细胞毒试验能有效地预防超急性排斥反应
    B. 急性排斥反应是临床器官移植排斥反应中最常见的类型
    C. 慢性排斥反应是抑制物功能丧失的常见原因
    D. 合理应用免疫抑制剂能有效治疗排斥反应
    E. 血管排斥反应罕见

40. 关于术前胃肠道准备,下列哪项是错误的
    A. 胃肠道手术患者,术前 1～2 天始进流质饮食
    B. 术前 12 小时始禁食,2 小时始禁水
    C. 一般性手术术前 1 天作肥皂水灌肠
    D. 结肠或直肠手术应行清洁灌肠及口服肠道抑菌剂
    E. 必要时可作胃肠减压

41. 关于甲亢手术服用碘剂,哪项不正确
    A. 碘剂可以减少甲状腺球蛋白的分解,抑制甲状腺素的释放以及减少甲状腺的血流量
    B. 术前服用,并逐渐增加剂量
    C. 术后服用,并逐渐减小剂量
    D. 碘剂只抑制甲状腺素的释放,不抑制甲状腺素的合成
    E. 不进行手术,也可能服用碘剂

42. 下列哪项不是斜疝的特点
    A. 多见于儿童及青壮年
    B. 经腹股沟管突出,可进入阴囊
    C. 精索在疝囊前外方
    D. 回纳疝块后压住深环,疝块不再突出
    E. 疝囊颈在腹壁下动脉外侧

43. 肝外胆道的解剖特点中,下列哪项是错误的

A. 胆囊分为底、体、颈三部分

B. Oddi 括约肌由胰胆管壶腹部括约肌构成

C. 胆总管下端多与主胰管汇合

D. 胆囊动脉常有变异

E. 胆囊管常有变异

44. 消化性溃疡 X 线诊断的可靠依据是

    A. 局部激惹   B. 局部压痛   C. 局部变形

    D. 龛影在胃腔轮廓之内   E. 龛影在胃腔轮廓之外

45. 下列有关阑尾炎形成的内在因素,错误的是

    A. 阑尾系一盲管,开口狭小   B. 系膜短常使阑尾屈曲、扭曲

    C. 阑尾的蠕动较缓而弱   D. 阑尾与内含粪性液的结肠相通

    E. 阑尾壁淋巴组织丰富容易增生

46. 有关锁骨骨折的描述,下列哪项是错误的

    A. 成人多为短斜骨折   B. 多由间接暴力引起   C. 远端向上移位

    D. 损伤臂丛神经的机会较少   E. 可有重叠移位

47. 下列关于脾破裂的处理,错误的是

    A. 破裂严重时,可行脾切除   B. 破裂小时可行脾修补

    C. 待失血性休克好转后再行手术   D. 可收集腹腔内血液行自身输血

    E. 输血补液以纠正血容量不足

48. 疑为机械性肠梗阻的病例,当腹部平片显示下列哪项时应考虑绞窄性肠梗阻的可能

    A. 空肠、结肠均明显扩张   B. 扩张肠段呈梯形排列

    C. 孤立肠段扩张且较固定   D. 扩张肠段黏膜呈鱼刺样

    E. 近端肠段扩张,远端肠腔未见异常气体

49. 关于化脓性关节炎的治疗,下列哪项是错误的

    A. 局部制动

    B. 联合应用大剂量抗生素

    C. 全身支持疗法

    D. 关节腔穿刺吸引,灌洗或切开引流

    E. 急性期发生病理性脱位,应切开复位

50. 肾结核患者就诊时最多见的主诉是

    A. 肾区疼痛和肿块   B. 尿失禁   C. 脓尿

    D. 尿频、尿痛   E. 血尿

A₂ 型 题

答题说明(51~80题)

    每一道题是以一个病例或一种复杂情况出现的,其下面都有 A、B、C、D、E 5 个备选答案。请从中选择一个最佳答案,写在答题纸上。

51. 慢性肺心病患者长时间 CO_2 潴留,若吸入纯 O_2 可致呼吸暂停。原因是这种患者呼吸中枢兴奋性的维持主要靠

A. 高 CO_2 刺激外周化学感受器   B. 高 CO_2 刺激中枢化学感受器

  C. 缺 O_2 刺激外周化学感受器   D. 缺 O_2 刺激中枢化学感受器

  E. 缺 O_2 直接刺激呼吸中枢

52. 某人氧耗量为 300ml/min,动脉氧含量为 20ml/100ml 血,肺动脉氧含量为 15ml/100ml 血,心率为 60 次/分,试问他的每搏输出量是多少

  A. 1ml   B. 10ml   C. 60ml

  D. 100ml   E. 200ml

53. 治疗呆小病须在出生何时开始补充甲状腺激素才能奏效

  A. 3 个月以前   B. 4 个月以前   C. 5 个月以前

  D. 6 个月以前   E. 7 个月以前

54. 正常情况下,体表面积为 $1.73m^2$ 的成年人,其肾小球滤过率为

  A. 100ml/min   B. 125ml/min   C. 200ml/min

  D. 250ml/min   E. 500ml/min

55. 去大脑的动物仰卧时,伸肌紧张性最高,俯卧时则伸肌紧张性最低,这一现象称为

  A. 翻正反射   B. 探究反射   C. 颈紧张反射

  D. 迷路紧张反射   E. 腱反射

56. 急性粒细胞白血病时,在骨内、骨膜下或其他器官内,出现白血病细胞形成的瘤结称为

  A. 黄色瘤   B. 白色瘤   C. 棕色瘤

  D. 绿色瘤   E. 转移瘤

57. 男,30 岁,酗酒时间约 8 年余,每日饮入北京二锅头酒约 500ml。近半年来经常出现恶心、呕吐、食欲不振。肝穿刺显示肝细胞广泛脂肪变性,肝细胞灶状坏死。肝细胞内可见大小不等的红染的半透明小体。这些透明小体的成分为

  A. 前角蛋白   B. 免疫球蛋白   C. 血浆蛋白

  D. HBsAg   E. 糖原颗粒

58. 女性,40 岁,体检时发现肺上叶有直径 3cm 的结节。手术切除后,病理诊断为肺的炎性假瘤,不符合炎性假瘤的病变是

  A. 纤维组织增生   B. 肉芽肿形成   C. 小血管增生

  D. 单核、淋巴细胞浸润   E. 肺泡上皮增生

59. 关于乳腺癌的描述,正确的是

  A. 多来源于肌上皮细胞   B. 多发生于内上象限

  C. 男性乳腺不发生癌   D. 多数为浸润性导管癌

  E. 以血道转移多见

60. 女性,50 岁,慢性萎缩性胃炎二十余年。胃镜检查,胃窦部大弯侧可见一直径约 1cm 的息肉状隆起。活体检查,病理诊断为中分化腺癌。手术切除癌组织局限于黏膜内。符合该患者早期胃癌的肉眼类型是

  A. Ⅰ 型   B. Ⅱa 型   C. Ⅱb 型

  D. Ⅱc 型   E. Ⅲ 型

61. 无抗四环素的细菌培养感染了来自抗四环素细菌溶菌液的病毒。原培养的细菌的子代大多获得抗四环素性状,这种现象的发生机制是

A. 接合　　　　　　　　B. 共线　　　　　　　　C. 重组

D. 转化　　　　　　　　E. 转导

62. 鸟氨酸转氨酶缺乏是一种罕见的体染色体隐性遗传病,该酶的基因已克隆,结构也测定过,受累个体的突变也深入研究过,当实验表明以所有鸟氨酸转氨酶外显子做探针的 Southern 印迹法的结果都正常但酶却无活性,下述哪项符合这种实验结果

A. 全基因的重复　　　　　　　　B. 全基因的缺失

C. 编码区 2 个碱基对插入　　　　D. 编码区 2 个碱基对缺失

E. 错义突变

63. 从严重贫血儿童血中所得的血红蛋白经水解后作氨基酸分析。下面哪一项一级结构的改变最可能与贫血表型相关

A. Ile-Leu-Val 变为 Ile-Ile-Val　　　　B. Leu-Glu-Ile 变为 Leu-Val-Ile

C. Gly-Ile-Gly 变为 Gly-Val-Gly　　　　D. Gly-Asp-Gly 变为 Gly-Glu-Gly

E. Val-Val-Val 变为 Val-Leu-Val

64. Lineweaver-Burk 作图求 K_m 和 V_{max} 时,y 轴上实验数值表示为

A. V　　　　　　　　B. $1/V$　　　　　　　　C. S

D. $1/S$　　　　　　　E. V/K_m

65. DNA 的合成一定是按 $5'\rightarrow3'$ 方向进行,因而 DNA 双螺旋复制有连续合成 DNA 的先导链和不连续合成的随从链之分。这两链合成不同点是

A. RNA 引物合成

B. DNA 聚合酶Ⅲ合成 DNA

C. 在 DNA 复制时,解螺旋酶在复制叉上连续解开双螺旋

D. 单核苷酸在合成中的 DNA 链从 $5'$ 端到 $3'$ 端连接

E. DNA 连接酶重复地将 DNA 的末端连接起来

66. 女性,36 岁,近期工作较劳累,失眠,今早起床后自觉心跳逐渐加快伴心慌来诊。心电图检查:心率 120 次/分,P-R 间期 0.14 秒,P 波、QRS 波群固定联系;$P_{Ⅱ、Ⅲ、AVF}$直立,P_{AVR}倒置,QRS 波群时限 0.10 秒,做 Vasalva 动作时心率降至 100 次/分,稍后又恢复 120 次/分。诊断可能是

A. 窦房结内折返性心动过速　　B. 加速性交界性心动过速　　C. 左心房心律

D. 窦性心动过速　　　　　　　E. 自律性房性心动过速

67. 患者因急性心肌梗死入院。入院第 3 天,于心尖部出现 3/6 收缩期杂音,同时心力衰竭逐渐加重。使用纠正心衰的药物效果很差,最终死亡。最可能的诊断为心肌梗死并发

A. 室间隔穿孔　　　　　　B. 急性肺心病　　　　　　C. 梗死后综合征

D. 心室游离壁破裂　　　　E. 乳头肌或腱索断裂

68. 一例右肺压缩 90% 的气胸患者已行胸腔闭式引流术 1 周,引流管内仍有较多气体溢出,复查 X 线示右肺仍压缩 70%,主要考虑的原因是

A. 胸腔引流管不通畅

B. 胸腔引流管太细

C. 合并胸膜腔内感染

D. 支气管及胸膜破裂口较大且持续开启

E. 合并肺大疱形成

69. 肝硬化患者突然出现剧烈腹痛、腹水迅速增加，脾大，最可能的并发症是
　　A. 自发性腹膜炎　　　　　　　　　　　　B. 肝破裂
　　C. 急性门静脉血栓形成　　　　　　　　　D. 胃肠穿孔
　　E. 肝肾综合征

70. 54 岁男性患者，反复水肿、尿少 5 个月，肾活检病理报告为早期膜性肾病，下列哪种说法错误
　　A. 该患者不应用糖皮质激素和环磷酰胺治疗
　　B. 该患者易发生血栓，应积极予抗凝治疗
　　C. 可使用 ACEI 治疗
　　D. 该患者有自发缓解的可能
　　E. 可给予呋塞米消肿利尿

71. 女，64 岁，曾被诊断为"轻型"糖尿病，用饮食管理即能控制血糖在"正常范围"，近 10 天因口齿不利，在外院诊断为"脑血管意外"，昏迷 2 天后转入本院治疗。该患者在院外治疗时，下列哪一项对患者不利
　　A. 平时未用双胍类药物治疗
　　B. 平时未用磺脲类降糖药
　　C. 本次发病后未用胰岛素皮下注射
　　D. 本次发病后未用胰岛素静脉注射
　　E. 本次发病后用了较大量的 10% 葡萄糖及甘露醇静脉点滴

72. 男，76 岁，高血压三十余年，平时血压在 $150\sim180/90\sim110$ mmHg，不规则服用降压药。2 周来胸闷、气促，查贫血貌，颈静脉怒张，心界向左下扩大，心率 104 次/分，两肺底有细小湿啰音，肝肋下二指，下肢水肿中度，尿蛋白（＋），血肌酐 884μmol/L（10mg/dl）。肾衰竭最可能的病因是
　　A. 慢性肾小球肾炎致肾性高血压　　　　　B. 肾小动脉硬化
　　C. 慢性肾盂肾炎　　　　　　　　　　　　D. 老年性肾硬化
　　E. 心力衰竭致肾功能减退

73. 男，72 岁，慢性胃炎 30 年，近 2 周出现发作性胸痛，伴反酸、烧心、呃逆。此时首先要进行以下哪种检查
　　A. 胃镜　　　　　　　B. 心电图　　　　　　　C. 冠脉造影
　　D. 24 小时食管 pH 监测　　E. 食管测压

74. 女，16 岁，1 个月前出现食量明显增加，不到就餐时间便出现饥饿，近来经常与同学争吵，检查发现甲状腺部位有一直径 2cm 的结节，SPECT 检查报告为"热结节"。另一有诊断意义的检查是
　　A. 心电图检查　　　　　　B. 血糖测定　　　　　　C. T_3、T_4 测定
　　D. 血脂检查　　　　　　　E. TGA、MCA 测定

75. 女，38 岁，因双乳胀痛伴肿块数年而就诊。检查时发现双乳可扪及多个大小不等之结节，质韧，同侧腋窝淋巴结无明显肿大，挤压乳头时有乳白色液体溢出，细胞学检查未发现异常细胞。最可能的诊断是
　　A. 乳癌　　　　　　　　　　B. 乳腺纤维瘤　　　　　　C. 乳管内乳头状瘤

D. 乳腺结核   E. 乳房囊性增生

76. 男,50 岁,20 年前曾患肺结核,近 3 个月来刺激性咳嗽,痰中带血丝,伴左胸痛、发热,X 线片示右上肺 3cm×2.5cm 大小的阴影,边缘模糊,痰液找癌细胞 3 次均为阴性。应考虑诊断为

  A. 肺结核   B. 肺囊肿   C. 肺良性肿瘤

  D. 肺化脓症   E. 肺癌

77. 男,16 岁,被小刀刺伤左胸部,随即昏倒,急送医院。查体:面色苍白,心率 136 次/分,血压 9.3/8kPa(70/60mmHg),左前胸近胸骨处第 4 肋间有 2cm 长的伤口,心界无明显增大,但心音低弱,无明显血气胸征。其主要治疗措施是

  A. 立即给氧、镇静、止痛

  B. 输血、补液及血管活性药物应用

  C. 闭式胸膜腔引流术

  D. 立即进行剖胸探查术

  E. 全身治疗同时缝合胸部伤口

78. 男,68 岁,进行性排尿困难 3 年,反复尿潴留,近日尿滴沥。既往糖尿病、冠心病、高血压。体检:前列腺Ⅱ度肥大,表面光滑,弹性硬。尿素氮:16.5mmol/L。膀胱底达脐下 2 横指。最佳治疗是

  A. 单纯导尿   B. 口服己烯雌酚

  C. 经尿道前列腺电切   D. 经膀胱行前列腺切除

  E. 耻骨上膀胱穿刺造瘘

79. 男性,65 岁,股骨颈骨折内收型,平日体健,其治疗首选

  A. 三刃钉内固定术   B. 人工髋关节置换术   C. 转子间截骨术

  D. 皮牵引   E. 骨牵引

80. 男性,36 岁,10 天前抬重物扭伤腰部,腰痛伴右下肢后外侧放射痛,无大小便功能障碍。经检查诊断为腰椎间盘突出症,下列的治疗措施目前哪项不宜采用

  A. 卧床休息   B. 骨盆牵引

  C. 理疗和按摩   D. 皮质类固醇硬膜外注射

  E. 立即手术治疗,行髓核摘除术

B 型 题

答题说明(81～100 题)

A、B、C、D、E 是备选答案,81～100 是考题。

答题时注意:如果这道题只与答案 A 有关,则请将 A 写在答题纸上;如果这道题只与答案 B 有关,则请将 B 写在答题纸上;余类推。每一答案可以选择一次或一次以上,也可以一次也不选择。

  A. 肌梭的传入冲动增加,腱器官的传入冲动减少

  B. 肌梭的传入冲动减少,腱器官的传入冲动增加

  C. 肌梭的传入冲动增加,腱器官的传入冲动增加

  D. 肌梭的传入冲动减少,腱器官的传入冲动不变

E. 肌梭的传入冲动不变,腱器官的传入冲动增加

81. 当骨骼肌作等张收缩时

82. 当骨骼肌作等长收缩时

A. 0 期　　　　　B. 1 期　　　　　C. 2 期　　　　　D. 3 期　　　　　E. 4 期

83. 在心室肌细胞动作电位,Na^+ 内向电流突然增大的时相是

84. 在心室肌细胞动作电位,L 型 Ca^{2+} 通道大量开放的时相是

A. 弥漫性系膜细胞和内皮细胞增生　　　　　B. 新月体形成

C. 弥漫性 GBM 增厚,钉突形成　　　　　D. 肾小管脂质沉积

E. 系膜增生,插入基膜增厚

85. 膜性肾病的光镜特点

86. 膜增生性肾炎的光镜特点

A. 癌珠　　　　　B. 印戒状细胞　　　　　C. R-S 细胞

D. AFP 阳性　　　　　E. 癌巢

87. 胃黏液癌

88. 鳞状细胞癌

A. CAP 结合区　　　　　B. 5′-TTGACA　　　　　C. TATA 盒

D. 增强子结合蛋白　　　　　E. RNA 聚合酶 Ⅱ

89. 属真核细胞顺式作用元件的是

90. 参与原核基因转录正性调控的是

A. 茶碱类　　　　　B. β_2 受体激动剂　　　　　C. 抗胆碱能类

D. 糖皮质激素　　　　　E. 抗过敏药

91. 沙丁胺醇属于

92. 倍氯米松属于

A. 肌肉震颤至全身抽搐,呼吸肌麻痹　　　　　B. 头晕、共济失调、谵妄、昏迷

C. 瞳孔缩小、流涎、肺水肿　　　　　D. 癫痫样抽搐、瞳孔不等大

E. 瞳孔散大、血压增高、心律失常

93. 有机磷中毒烟碱样症状是

94. 有机磷中毒毒蕈碱样症状是

A. 通过 ATP 敏感型钾通道(K_{ATP})刺激胰岛素的分泌

B. 提高外周组织(如肌肉、脂肪)对葡萄糖的摄取和利用

C. 通过抑制小肠黏膜刷状缘的 α-葡萄糖苷酶起作用

D. 通过结合和活化过氧化物酶体增殖物激活受体 γ 起作用

E. 增强体内胰岛素的活性

95. 双胍类降糖药主要作用机制为

96. 磺脲类降糖药主要作用机制为

A. 创伤性关节炎　　　　　B. 骨筋膜室综合征　　　　　C. 缺血性骨坏死

D. 损伤性骨化　　　　　E. 急性骨萎缩

97. 肱骨髁上骨折易造成

98. 股骨颈骨折易造成

   A. 患肢短缩、髋屈曲内收内旋畸形
   B. 患肢短缩、髋屈曲内收外旋畸形
   C. 患肢短缩、髋屈曲外展内旋畸形
   D. 患肢短缩、髋屈曲外展外旋畸形
   E. 患肢增长、髋伸直外展外旋畸形

99. 股骨颈骨折内收型可有

100. 髋关节后脱位可有

C 型 题

答题说明(101～120 题)

A、B、C、D 是备选答案,101～120 是考题。

答题时注意:如果这道题只与答案 A 有关,则请将 A 写在答题纸上;如果这道题只与答案 B 有关,则请将 B 写在答题纸上;如果这道题与答案 A 和 B 都有关,则请将 C 写在答题纸上;如果这道题与答案 A 和 B 都无关,则请将 D 写在答题纸上。

   A. 肌肉型烟碱受体　　　　　　　B. 神经元型烟碱受体
   C. 两者均可　　　　　　　　　　D. 两者均不可

101. 十烃季铵可阻断

102. 六烃季铵可阻断

   A. 单纯肥大　　　B. 增生　　　　C. 两者均有　　　D. 两者均无

103. 一侧肾上腺切除后,对侧肾上腺增大,这是

104. 二尖瓣狭窄时左心房增厚,这是

   A. 含铁血黄素沉积　　　　　　　B. 纤维组织增生
   C. 两者均有　　　　　　　　　　D. 两者均无

105. 慢性肺淤血

106. 慢性肝淤血

   A. Thr 的羟基　　　B. Ser 的羟基　　　C. 两者均有　　　D. 两者均无

107. 可与糖链形成 N-糖苷键的是

108. 可与糖链形成 O-糖苷键的是

   A. DNA 结合蛋白　　B. 细胞周期关卡　　C. 两者均是　　　D. 两者均非

109. myc 是

110. Rb 是

   A. 长期慢性咳嗽,咳痰和喘憋　　　　B. 长期反复咯血
   C. 两者均有　　　　　　　　　　　　D. 两者均无

111. 慢性支气管炎的主要临床表现

112. 支气管扩张的主要临床表现

A. 腹壁柔韧感 B. 血性腹水 C. 两者均有 D. 两者均无

113. 结核性腹膜炎

114. 腹膜转移癌

  A. 腹膜腔穿刺 B. 腹部透视 C. 两者均可 D. 两者均不可

115. 腹部钝器伤伴面色苍白、脉搏细速和血压下降的患者最适宜的检查是

116. 急性弥漫性腹膜炎患者可以考虑的检查是

  A. 重要动脉损伤 B. 重要神经损伤 C. 两者均可能 D. 两者均不可能

117. 伸直型肱骨髁上骨折可并发

118. 股骨下 1/3 骨折可并发

  A. 直腿抬高试验阳性和加强试验阳性 B. X线片示生理前凸消失和侧弯

  C. 两者均有 D. 两者均无

119. 检查急性腰扭伤时会出现

120. 检查腰椎间盘突出症时会出现

X 型 题

> **答题说明**(121~160 题)
>
> 下列 A、B、C、D 4 个选项中,至少有一个答案是正确的。请您根据题意,有几个正确选项,便在答题纸上将相应题号的相应字母写上,多选或少选均不得分。

121. 下列各种生理功能的调节,与下丘脑有关的是

  A. 体温的恒定   B. 水平衡

  C. 觉醒的维持   D. 垂体激素的分泌

122. 与调节水、钠代谢有关的激素有

  A. 雌激素 B. 醛固酮 C. 糖皮质激素 D. ADH

123. 下列哪些神经活动改变会使动脉血压降低

  A. 心交感中枢兴奋性降低   B. 心迷走中枢兴奋性升高

  C. 副交感舒血管神经纤维兴奋 D. 血管活性肠肽神经元兴奋

124. 能增加尿量的方法有

  A. 静脉注射甘露醇   B. 静脉输入大量生理盐水

  C. 抑制髓袢粗段对 Na^+ 重吸收 D. 静脉注射大量去甲肾上腺素

125. 下列关于胃蠕动的叙述,正确的包括

  A. 蠕动从胃底开始   B. 每分钟约发生 3 次

  C. 每次蠕动约需 1 分钟到达幽门 D. 不受体液因素的影响

126. 基本上能代表深部体温的部位是

  A. 鼓膜 B. 食管 C. 腋窝 D. 直肠

127. 使肾小球有效滤过压增高的因素有

  A. 血浆胶体渗透压降低   B. 血浆晶体渗透压升高

  C. 肾小囊内压升高   D. 肾小球毛细血管血压升高

128. 亚急性细菌性心内膜炎的特点有

A. 赘生物单个或多个,呈息肉状或菜花状

B. 多发生于原有病变的瓣膜上

C. 镜下表面有细菌团

D. 赘生物脱落引起动脉栓塞和血管炎

129. 慢性肺源性心脏病时,肺的病理变化可以有

A. 无肌型细动脉肌化 　　　　　B. 肌型小动脉外膜增生、肥厚

C. 内膜下出现纵行平滑肌束 　　D. 肺小动脉弹力纤维及胶原纤维增生

130. 常合并肝硬化的肝癌类型有

A. 巨块型 　　　B. 结节型 　　　C. 弥漫型 　　　D. 溃疡型

131. 下列哪些疾病的病变属于炎性肉芽肿

A. 霍奇金病 　　B. 风湿小结 　　C. 矽肺结节 　　D. 结核结节

132. 轻度细胞水肿时,电镜下胞质内出现的颗粒是

A. 肥大的高尔基器 　　　　　　B. 肿大的线粒体

C. 扩张的内质网 　　　　　　　D. 基浆内的糖原颗粒

133. 恶性肿瘤的代谢特点是

A. 蛋白质分解代谢超过合成代谢 　　B. DNA 合成代谢加强

C. 糖氧化代谢加强 　　　　　　　　D. 蛋白质、脂肪和糖代谢都旺盛

134. 下列哪些属于进展期胃癌的常见肉眼类型

A. 溃疡型 　　　B. 息肉型 　　　C. 革囊胃 　　　D. 局限浸润型

135. 蛋白质变性时受理化因素破坏的化学键是

A. 离子键 　　　B. 二硫键 　　　C. 肽键 　　　D. 氢键

136. DNA 聚合酶Ⅲ催化的反应

A. 以一磷酸核苷为作用物 　　　B. 合成反应的方向为 $5' \rightarrow 3'$

C. 以 NAD^+ 为辅酶 　　　　　　D. 生成磷酸二酯键

137. 以 mRNA 5'UGGUUCCC 序列为模板指导能合成的二肽是(GGU 甘氨酸,CCC 脯氨酸,UCC 丝氨酸,UGG 色氨酸,GUU 缬氨酸,UUC 苯丙氨酸,UUG 亮氨酸)

A. 脯氨酰亮氨酸 　　　　　　　B. 甘氨酰丝氨酸

C. 色氨酰苯丙氨酸 　　　　　　D. 脯氨酰色氨酸

138. 顺式反应元件包括

A. 启动子 　　　B. 增强子 　　　C. 沉默子 　　　D. 转录因子

139. 下列属于 RNA 转录的原料是

A. ATP 　　　　B. CTP 　　　　C. GTP 　　　　D. UTP

140. 重组 DNA 技术中常用到的酶是

A. 限制性核酸内切酶 　　　　　B. DNA 连接酶

C. Klenow 片段 　　　　　　　D. DNA 聚合酶Ⅰ

141. 大叶性肺炎的并发症有

A. 肺肉质变 　　B. 肺癌 　　　　C. 肺气肿 　　　D. 败血症

142. 下列哪些符合肥厚梗阻型心肌病的临床表现

A. 晕厥 　　　　　　　　　　　B. 心绞痛

C. 心尖部的舒张期杂音 　　　　D. 猝死或心律失常

143. 开放性气胸时呼吸循环功能的变化包括
    A. 静脉回流减少
    B. 伤侧胸腔压力与大气相等
    C. 吸气时,纵隔摆向健侧
    D. 呼气时,对侧肺代偿性扩张

144. 治疗缺铁性贫血的原则是
    A. 恢复血红蛋白   B. 恢复血清铁   C. 补足贮存铁   D. 根除病因

145. 下列哪些可见于库欣综合征
    A. 多血质   B. 骨质疏松   C. 淋巴结肿大   D. 高血压

146. 下列选项中,属于 B 细胞淋巴瘤的有
    A. 滤泡性淋巴瘤   B. 套细胞淋巴瘤   C. Burkitt 淋巴瘤   D. Sézary 综合征

147. 下列临床表现哪些可见于甲亢患者
    A. 多食善饥   B. 多言好动   C. 心动过速   D. 重症肌无力

148. 有关扩张型心肌病的临床表现,正确的有
    A. 患者大多数为老年人
    B. 起病隐匿而缓慢
    C. 以充血性心力衰竭为表现
    D. 可以发生严重心律失常

149. 关于尿细菌培养,正确的有
    A. 中段尿培养无菌操作不严格可出现假阳性
    B. 清洁中段尿标本放置在室温下超过 1 小时送检可出现假阳性
    C. 患者在近 7 天内用过抗菌药物可出现假阴性
    D. 尿液在膀胱内停留不足 6 小时可出现假阴性

150. 与肝肾综合征发生有关的因素是
    A. 肾皮质血流量减少
    B. 肾小球坏死
    C. 肾小管坏死
    D. 肾间质炎性病变

151. 机体对酸碱平衡的调节机制有
    A. 呼吸系统排出挥发酸
    B. 泌尿系统排出固定酸
    C. 血液缓冲系统的缓冲作用
    D. 下丘脑的调节作用

152. 有关上消化道出血,下列哪些是正确的
    A. 胃十二指肠溃疡出血概率随年龄增长而减少
    B. 继剧烈呕吐之后出血的可能是贲门黏膜撕裂综合征
    C. 出血较猛烈常致休克的多是食管、胃底静脉曲张破裂出血
    D. 患者年龄较大,首先呕血或吐咖啡样胃内容者多是胃癌出血

153. 下列关于类风湿关节炎的叙述,正确的有
    A. 病因不明,目前认为 $CD4^+T$ 细胞在 RA 发病中起重要和主要作用
    B. 大多发病于 35～50 岁
    C. 晨僵持续时间和关节炎症的程度成反比
    D. 主要累及小关节尤其是手关节

154. 急性肠梗阻手术的原则是
    A. 解除梗阻   B. 恢复肠腔通畅   C. 处理病变肠管   D. 去除病因

155. 细菌性肝脓肿的并发症有
    A. 膈下脓肿   B. 上消化道出血   C. 急性腹膜炎   D. 心包脓肿

156. 关于乳房脓肿切开引流,下列哪些是正确的

A. 一般应做放射状切开

B. 乳晕下脓肿应沿乳晕边缘作弧形切口

C. 乳房后脓肿可沿乳房下缘作弧形切口

D. 脓腔较大时,可在脓腔的最低部位另加切口作对口引流

157. 下列哪些是甲状腺疾病禁忌手术

A. 甲状腺未分化癌 　　　　　　　B. 甲状腺腺瘤

C. 桥本病 　　　　　　　　　　　D. 甲亢

158. 妊娠期急性阑尾炎的特点是

A. 穿孔率高 　　　　　　　　　　B. 大网膜难以包裹炎症的阑尾

C. 肌紧张不明显 　　　　　　　　D. 炎症不易局限

159. 高钾血症常见于

A. 大面积烧伤 　　　　　　　　　B. 大量输注葡萄糖溶液

C. 代谢性碱中毒 　　　　　　　　D. 急性肾衰竭少尿期

160. 输血的并发症有

A. 发热反应 　　　B. 过敏反应 　　　C. 急性肺损伤 　　　D. 免疫抑制

同等学力人员申请硕士学位临床医学学科综合水平全国统一考试模拟试卷七

A₁ 型 题

答题说明(1~50题)

每一道题下面有 A、B、C、D、E 5 个备选答案。在答题时,只需从中选择一个最合适的答案,写在答题纸上。

1. 在跨膜物质转运中,转运体和载体转运的主要区别是
   A. 被转运物完全不同
   B. 转运速率有明显差异
   C. 转运体转运没有饱和现象
   D. 转运体可同时转运多种物质
   E. 转运体转运需直接耗能

2. 下列关于神经纤维动作电位复极相形成机制的描述,正确的是
   A. 仅因 Na^+ 通道失活所致
   B. 仅因 K^+ 通道激活所致
   C. 由 Na^+ 通道失活和 K^+ 通道激活共同引起
   D. 仅因 Cl^- 通道激活所致
   E. 由 K^+ 通道和 Cl^- 通道一同激活所致

3. 神经细胞在兴奋过程中,Na^+ 内流和 K^+ 外流的量决定于
   A. 各自的平衡电位
   B. 细胞的阈电位
   C. $Na^+ - K^+$ 泵的活动程度
   D. 绝对不应期长短
   E. 刺激的强度

4. 在组织液回流中,淋巴回流的主要功能是重吸收
   A. 水分   B. 氨基酸   C. 电解质   D. 葡萄糖   E. 蛋白质

5. 主动脉血流能在心动周期中保持相对稳定,其主要原因是主动脉的
   A. 血压水平高
   B. 血流速度快
   C. 血流阻力小
   D. 管壁厚
   E. 可扩张性和弹性

6. 维持胸膜腔内负压的必要条件是
   A. 胸膜脏层和壁层紧贴
   B. 胸膜腔与外界封闭
   C. 胸膜腔内有少量液体
   D. 吸气肌收缩
   E. 肺内压低于大气压

7. 肺泡表面活性物质减少将会使
   A. 肺弹性阻力减小
   B. 肺顺应性增大
   C. 肺泡内液体层表面张力减小
   D. 小肺泡内压大于大肺泡内压
   E. 肺毛细血管内液体不易渗出

8. 正常情况下,近端小管的重吸收率
   A. 不随重吸收物质的不同而异   B. 不受肾小球滤过率的影响
   C. 随肾小球滤过率增加而增加   D. 随肾小球滤过率增加而减少
   E. 受抗利尿激素和醛固酮的调节

9. 对胃液中盐酸作用的描述,错误的是
   A. 激活胃蛋白酶原
   B. 提供胃蛋白酶所需的最适宜的 pH 环境
   C. 使蛋白质变性,易于水解
   D. 杀死进入胃内的细菌
   E. 进入小肠后抑制胰液的分泌

10. 引起细胞脂肪变性的主要原因不包括
    A. 贫血   B. 严重挤压   C. 感染   D. 中毒   E. 缺氧

11. 附壁血栓一般不会发生在
    A. 心房   B. 心室   C. 心瓣膜   D. 主动脉瘤   E. 小静脉

12. 急性炎症时,炎症局部血流速度的减慢主要是由于
    A. 血管内流体静压下降   B. 血管口径变小,血流阻力增大
    C. 微血管通透性升高的结果   D. 组织水肿升高对血管产生压迫
    E. 血管阻塞

13. 下列各项,属于肿瘤的是
    A. 错构瘤   B. 动脉瘤
    C. 室壁瘤   D. 创伤性神经瘤
    E. 骨软骨瘤

14. 关于 AIDS 患者淋巴结的病理变化特点,错误的是
    A. 早期镜下可有淋巴小结明显增生   B. 早期髓质内浆细胞不增多
    C. 中期滤泡外层淋巴细胞减少或消失   D. 中期滤泡外层小血管增生
    E. 晚期淋巴细胞几乎消失殆尽

15. 急进型高血压时,增生性小动脉硬化及坏死性细动脉炎主要发生于
    A. 大脑   B. 肾   C. 心   D. 肾上腺   E. 脾

16. 以下哪一项描述不符合硅肺的病变特点
    A. Ⅰ期硅肺以淋巴结内引起硅结节为特点
    B. 硅结节可融合成团
    C. 胸膜可有纤维组织增生、肥厚
    D. 易合并恶性胸膜间皮瘤
    E. 可形成胸膜胼胝

17. 有关蛋白质 β 折叠的描述,错误的是
    A. 主链骨架呈锯齿状
    B. β 折叠有反平行式结构,也有平行式结构
    C. β 折叠的肽链之间不存在化学键
    D. 氨基酸侧链交替位于扇面上下方
    E. 肽链充分伸展

18. 临床上用酒精消毒灭菌是利用蛋白质的下列哪种理化性质
    A. 蛋白质的沉淀   B. 蛋白质的高分子性质
    C. 蛋白质的变性   D. 蛋白质的两性解离性质
    E. 蛋白质的等电点

19. RNA 和 DNA 彻底水解后的产物是
    A. 核糖相同，部分碱基不同   B. 碱基相同，核糖不同
    C. 部分碱基不同，核糖不同   D. 碱基不同，核糖相同
    E. 碱基不同，核糖不同

20. 关于酶的化学修饰的描述，错误的是
    A. 被修饰的酶一般有两种不同的活性形式
    B. 两种形式在不同酶的催化下互变
    C. 一般不消耗能量
    D. 催化互变的酶活性受激素等因素的控制
    E. 化学修饰的方式多为磷酸化和脱磷酸

21. 竞争性抑制剂的动力学特点是
    A. $K_m \uparrow$, V_{max}不变   B. $K_m \downarrow$, $V_{max} \downarrow$
    C. K_m不变, $V_{max} \downarrow$ D. $K_m \downarrow$, $V_{max} \uparrow$
    E. $K_m \downarrow$, V_{max}不变

22. 有关真核 DNA 的复制，正确的是
    A. 仅有一个复制体形成，因为只有单一复制起始点
    B. 冈崎片段有 1000～2000 核苷酸的长度
    C. 只要起始泡形成，解旋酶就从 DNA 上脱离下来
    D. 至少有一种 DNA 聚合酶有 $3'$-$5'$外切核酸酶的活性
    E. 在细胞的全过程都发生

23. 现有一 DNA 片段，它的顺序为 $3'$……ATTCAG……$5'$，转录生成的 RNA 序列
应是
    A. $5'$……GACUUA……$3'$ B. $5'$……AUUCAG……$3'$
    C. $5'$……UAAGUC……$3'$ D. $5'$……CTGAAT……$3'$
    E. $5'$……ATTCAG……$3'$

24. 关于反转录酶的叙述错误的是
    A. 底物为 4 种 dNTP
    B. 催化 RNA 水解反应
    C. 合成方向为 $3' \rightarrow 5'$
    D. 催化以 RNA 为模板进行 DNA 合成
    E. 可形成 DNA-RNA 杂交体中间产物

25. 下列关于 RNA 的说法错误的是
    A. 包括 rRNA、mRNA 和 tRNA 等   B. mRNA 中含有遗传密码
    C. tRNA 是最小的一种 RNA   D. 胞质中只有 mRNA
    E. rRNA 与多种蛋白质组成的核糖体是合成蛋白质的场所

26. 关于稳定型心绞痛的发病机制，下列哪一种提法正确

A. 在冠脉狭窄的基础上,由心肌需氧量增加而诱发

B. 迷走神经兴奋性增高,冠脉紧张性增高是重要诱因

C. 动脉粥样硬化基础上,有新的血栓形成

D. 多数由斑块的破裂引起

E. 斑块表面的炎症递质浓度增高,激活凝血过程

27. 诊断支气管哮喘的主要依据是

A. 血嗜酸性粒细胞增高   B. 有阻塞性通气功能障碍

C. 反复发作的呼吸困难伴有哮鸣音   D. 血清特异性 IgE 升高

E. 胸部 X 线检查示过度充气征

28. 下列关于浸润型肺结核的临床表现,正确的是

A. 一般在初期时,中毒症状即很明显

B. 有发热、消瘦、咳嗽,但无咯血

C. 锁骨上下区或肩胛间区可听到湿啰音

D. 不能依据 X 线检查确定此型

E. 不会出现胸痛

29. 关于结核性胸膜炎的治疗,下列哪项不恰当

A. 胸腔内可注入链激酶或尿激酶

B. 急性期全身毒性症状严重、胸液较多者可加用糖皮质激素

C. 应尽可能将胸液抽尽

D. 肺内没有发现活动性结核病灶者可不需抗结核治疗

E. 胸腔内一般不使用抗结核药物

30. Ⅱ型呼吸衰竭的实验室指标是

A. $PaO_2 < 50mmHg$, $PaCO_2 > 60mmHg$

B. $PaO_2 > 60mmHg$, $PaCO_2 < 50mmHg$

C. $PaO_2 < 60mmHg$, $PaCO_2 > 50mmHg$

D. $PaO_2 < 55mmHg$, $PaCO_2 > 50mmHg$

E. $PaO_2 < 60mmHg$, $PaCO_2 < 50mmHg$

31. 下列哪一项不属于肝硬化患者肝功能减退的临床表现

A. 齿龈出血   B. 脾大

C. 黄疸   D. 水肿

E. 男性乳房发育

32. 下列哪一种并发症在溃疡性结肠炎最少见

A. 中毒性巨结肠   B. 直肠结肠癌变

C. 直肠结肠大量出血   D. 肠梗阻

E. 瘘管形成

33. 根据国内标准,血红蛋白测定值符合下列哪项时可诊断为贫血

A. 成年男性低于 130g/L   B. 成年女性低于 110g/L

C. 妊娠期低于 105g/L   D. 哺乳期低于 115g/L

E. 初生儿至 3 个月低于 150g/L

34. 清除进入人体尚未吸收的毒物,哪一项不正确

A. 吞服腐蚀性毒物者不应催吐

B. 昏迷患者插管洗胃可导致吸入性肺炎

C. 清洗皮肤宜用肥皂水或温水

D. 清除肠道内毒物宜用硫酸镁或蓖麻油导泻

E. 清除眼部毒物宜用清水彻底冲洗

35. 下列哪项检查对尿路感染的诊断最有意义

    A. 尿蛋白定量   B. 白细胞尿

    C. 血尿   D. 清洁中段尿细菌定量培养

    E. 亚硝酸盐试验

36. 妊娠期甲亢,下列何种检查不能采用

    A. TSH 检测   B. FT_3、FT_4 检测

    C. TSAb 检测   D. 甲状腺^{131}I 摄取率

    E. TPO-Ab 检测

37. 下列哪一项不是急进性肾小球肾炎的主要临床表现

    A. 起病急,有血尿、蛋白尿、水肿   B. 尿量减少或进行性减少

    C. 肾功能进行性恶化   D. 病理为新月体性肾小球肾炎

    E. 常无贫血

38. 关于淀粉酶测定,下列哪项是错误的

    A. 有时胰腺已严重坏死而淀粉酶值正常或低于正常

    B. 尿淀粉酶升高较血清淀粉酶出现迟,但下降却早

    C. 胆石症、胆囊炎患者血清淀粉酶可增高

    D. 胃溃疡穿孔患者的血清淀粉酶可升高

    E. 尿淀粉酶值受患者尿量的影响

39. 戴无菌手套时,只允许没戴手套的手接触

    A. 手套套口向外翻折部的内面   B. 手套的掌侧

    C. 手套的背侧   D. 手套的手指部

    E. 手套套口向外翻折部的外面

40. 下列哪项符合低钾血症

    A. 临床上常表现为精神亢奋,肢体抽搐

    B. 严重时可发生室性心动过速,甚至室颤

    C. 心电图表现为 T 波高尖,呈帐篷样

    D. 常伴有代谢性酸中毒

    E. 机体总钾量总是减少的

41. 下列哪种成分最适合需要多次输血而有发热的贫血患者

    A. 浓缩红细胞   B. 全血

    C. 冷冻红细胞   D. 少浆血

    E. 洗涤红细胞

42. 多根多处肋骨骨折引起纵隔扑动的主要原因是

    A. 伤侧胸膜腔负压消失   B. 健侧胸膜腔负压消失

    C. 伤侧肺萎陷   D. 健侧肺萎陷

E. 呼吸时两侧胸膜腔内压力不平衡

43. 关于胆石症,不正确的是
   A. 肝内胆管结石多为胆色素结石
   B. 肝内胆管结石多发生于右肝管
   C. 静脉法胆道造影显影常不清晰,且受多种因素影响
   D. 急性梗阻性化脓性胆管炎可合并肝脓肿和肝细胞坏死
   E. 胆囊结石多为胆固醇结石

44. 直肠癌患者出现血尿及膀胱刺激症状,检查后认为是癌肿转移,这种转移属于
   A. 淋巴道转移　　　　　　　　　B. 血道转移
   C. 直接浸润　　　　　　　　　　D. 种植性转移
   E. 直肠膀胱癌

45. 泌尿系结石通常在下列哪些部位形成
   A. 肾　　　　　　　　　　　　　B. 膀胱
   C. 输尿管　　　　　　　　　　　D. 肾和膀胱
   E. 膀胱和输尿管

46. 下列有关胃癌的叙述中哪一项是正确的
   A. 早期胃癌患者往往无明显症状
   B. 残胃癌是指胃癌手术 5 年后发生的胃癌
   C. 胃癌根治术要求切缘距癌边缘 10cm 以上
   D. 目前国内早期胃癌占胃癌住院患者的比例超过 30%
   E. 胃癌的好发部位依次是贲门、胃底、胃窦、胃大弯

47. 泌尿系最常用的辅助检查为
   A. IVP　　　　　　　　　　　　B. CT
   C. KUB　　　　　　　　　　　　D. B 超
   E. MRI

48. 男,52 岁,排尿费力近半年多,且症状逐渐加重,近 2 个月出现腰骶部疼痛。为确诊首选的检查手段是
   A. 脊柱、骨盆 CT 检查　　　　　B. 肛诊及穿刺活检
   C. 尿液检查癌细胞　　　　　　　D. 尿常规检查
   E. 膀胱镜检及活组织检查

49. 急性血源性骨髓炎的发病部位最常见于
   A. 尺桡骨　　　　　　　　　　　B. 肱骨、肩胛骨
   C. 胫骨、股骨　　　　　　　　　D. 髋骨、骶骨
   E. 脊椎骨

50. 下列关于骨肉瘤的典型临床特点,错误的是
   A. 多见于年轻人　　　　　　　　B. 好发于骨骺生长活跃部位
   C. 出现蜂窝状骨吸收区,夹有钙化斑块　D. 骨膜下三角形新生骨(Codman 三角)
   E. 早期肺转移

A₂ 型 题

答题说明(51～80题)

每一道题是以一个病例或一种复杂情况出现的,其下面都有 A、B、C、D、E 5 个备选答案。请从中选择一个最佳答案,并写在答题纸上。

51. I⁻ 由血液进入甲状腺上皮细胞内,属于

    A. 单纯扩散   B. 易化扩散

    C. 入胞作用   D. 原发性主动转运

    E. 继发性主动转运

52. 飞机上升和下降时,服务员向乘客递送糖果,使乘客做吞咽动作,其生理意义在于

    A. 调节基底膜两侧的压力平衡

    B. 调节前庭膜两侧的压力平衡

    C. 调节圆窗膜内外压力平衡

    D. 调节鼓室与大气之间的压力平衡

    E. 调节中耳与内耳之间的压力平衡

53. 患者因胸段脊髓受损,在脊休克过去之后,排尿功能障碍的表现为

    A. 尿失禁   B. 尿频   C. 尿急   D. 尿多   E. 排尿困难

54. 某人在意外事故中脊髓受到损伤,丧失横断面以下的一切躯体与内脏反射活动。但数周以后屈肌反射、腱反射等比较简单的反射开始逐渐恢复。这表明该患者在受伤当时出现了

    A. 脑震荡   B. 脑水肿   C. 脊休克   D. 脊髓水肿   E. 疼痛性休克

55. 患儿,女,12 岁,临床表现为不自主的上肢和头部的舞蹈样动作,并伴有肌张力降低,诊断为舞蹈病,该患者的发病原因主要是

    A. 黑质 DA 能神经元功能亢进,纹状体 ACh 能和 γ-氨基丁酸能神经元的功能亢进

    B. 黑质 DA 能神经元功能亢进,纹状体 ACh 能和 γ-氨基丁酸能神经元的功能减退

    C. 黑质 DA 能神经元功能减退,纹状体 ACh 能和 γ-氨基丁酸能神经元的功能减退

    D. 黑质 DA 能神经元功能减退,纹状体 ACh 能和 γ-氨基丁酸能神经元的功能亢进

    E. 黑质 DA 能神经元功能不变,纹状体 ACh 能和 γ-氨基丁酸能神经元的功能亢进

56. 女性,28 岁,有 10 年的吸烟史。近 3 年来慢性咳嗽、咳白色泡沫痰,每年发病时间 3 个月以上。气管镜黏膜活检发现的病变是

    A. 黏膜纤维素性炎   B. 黏膜化脓性炎

    C. 黏膜慢性炎   D. 黏膜变质性炎

    E. 黏膜出血性炎

57. 男,55 岁,高血压病史已二十余年。手术切除脾,切片可见脾中央小动脉管壁增厚,

管腔狭窄,管壁内可见均匀红染、半透明物质。这些半透明物质为

    A. 淀粉样物质   B. 血浆蛋白

    C. 胶原纤维   D. 免疫球蛋白

    E. 脂蛋白

58. 某患者被诊断为心内膜下心肌梗死,其病理学特点是

    A. 多发生于左心室   B. 冠状动脉血栓形成

    C. 不波及肉柱和乳头肌   D. 多发性小灶状坏死

    E. 累及室壁内 2/3 的心肌

59. 男性,8 岁,1 年来,低热、疲倦、乏力、夜间盗汗,并有咳嗽。X 线检查,可见右肺下叶上部近胸膜处一个边界模糊的团状阴影,肺门多数淋巴结肿大。结核菌素试验阳性。该患者的疾病可能是

    A. 局灶型肺结核   B. 浸润型肺结核

    C. 原发性肺结核伴淋巴道扩散   D. 慢性纤维空洞型肺结核

    E. 干酪性肺炎伴急性空洞

60. 男性,26 岁,因肛旁脓肿,在肛周形成伤口,局部流脓不断,入院后检查,肛旁伤口为外口,内与直肠相通,此病理管道为

    A. 空洞   B. 瘘管   C. 窦道   D. 溃疡   E. 糜烂

61. 放射治疗广泛应用于很多肿瘤。对破坏迅速生长的细胞,哪项作用机制正确

    A. DNA 交联   B. 分开 DNA 双螺旋

    C. 破坏 DNA-RNA 转录复合体   D. DNA 去甲基

    E. 破坏 DNA 中嘌呤环

62. 真核细胞的共有序列 5′TATAAAA3′ 与原核细胞的共有序列极为相似。它是重要的,因为它是

    A. 结合 RNA 聚合酶Ⅲ的唯一位点   B. RNA 聚合酶Ⅱ的终止位点

    C. 结合 RNA 聚合酶Ⅰ的主要位点   D. 为所有 RNA 聚合酶的启动子

    E. 为 RNA 聚合酶Ⅱ的转录因子的第 1 个结合位点

63. 纯化蛋白质的技术多种多样,下面对给定蛋白质有专一性的纯化技术是

    A. 电泳   B. 亲和层析

    C. 离子交换色谱   D. 凝胶过滤

    E. 透析

64. 小儿 2 岁时发育停滞,面容粗糙,尿黏稠,尿检验糖胺聚糖(黏多糖)阳性,糖胺聚糖是下列哪种物质的成分

    A. 胶原   B. 糖原

    C. 硫酸乙酰肝素   D. 肌红蛋白

    E. 肌原纤维蛋白

65. 蛋白激酶 A 是细胞信号传导很重要的一个酶,关于它的叙述错误的是

    A. 底物都是酶   B. 是一个别构酶

    C. cAMP 为其激活剂   D. 催化底物的 Ser/Thr 磷酸化

    E. 经磷酸化后的酶活性升高或降低

66. 女性,40 岁,有风心病联合瓣膜病变史,因胸闷、气促 2 天来急诊。心率 130 次/分,

心房颤动。给予洋地黄类药物治疗，2 天后心率 90 次/分。洋地黄减慢心室率的药理作用主要是

    A. 减慢窦性频率   B. 增强心肌的收缩力

    C. 增强普肯耶纤维的自律性   D. 增加房室隐匿性传导，减慢心室率

    E. 降低心肌氧耗量

67. 男性，56 岁，心悸、气促 1 天。脉搏 135 次/分，听诊心率 160 次/分，不规则，心音强弱不等。心电图：P 波消失，代之以 450 次/分左右的 f 波，QRS 波群时限 0.11 秒，R-R 间期绝对不等。该病例的诊断是

    A. 心房扑动   B. 心房颤动

    C. 非阵发性房室交界性心动过速   D. 自律性房性心动过速

    E. 紊乱性房性心动过速

68. 男性，55 岁。有慢性支气管炎病史十多年，1 周来出现高热、咳嗽、咳痰加重，痰液黏稠呈砖红色胶冻状。该患者最可能的诊断是

    A. 肺炎链球菌肺炎   B. 葡萄球菌肺炎

    C. 干酪性肺炎   D. 肺炎克雷伯杆菌肺炎

    E. 肺脓肿

69. 男，60 岁，间歇上腹部痛 4 年，1 个月前出现进食后饱胀、嗳气、不反酸，胃纳差，体重减低。实验室检查：血红蛋白 90g/L。最有助于诊断的辅助检查方法是

    A. 大便隐血检查   B. 胃液分析

    C. 胃肠 X 线钡餐检查   D. 胃镜及活组织检查

    E. 吞线试验

70. 18 岁男性患者，双下肢水肿伴尿少 4 周，查体：BP 135/90mmHg，尿蛋白（＋＋＋＋），红细胞 5～10 个/HP，白细胞 0～1 个/HP，血清白蛋白 23g/L，胆固醇 11.5mmol/L，血肌酐 78μmol/L。该患者不可能出现下列哪项检查结果

    A. B 超示双肾轻度肿大   B. 尿中透明管型（＋＋）

    C. 尿潜血（＋＋）   D. 尿中发现颗粒管型

    E. 尿中发现白细胞管型

71. 男性，65 岁，肥胖，血皮质醇增高，失去昼夜节律，小剂量地塞米松不能抑制，尿游离皮质醇 1051 nmol/24h，大剂量地塞米松试验抑制率 56%，血清 ACTH 浓度为 32pmol/L。该患者最可能的诊断是

    A. 肾上腺皮质腺瘤   B. 异位 ACTH 综合征

    C. 库欣病   D. 肾上腺皮质腺癌

    E. 肾上腺皮质大结节性增生

72. 女性，18 岁。心慌、多汗、多食、消瘦 4 个月余。体检：甲状腺 Ⅱ 度肿大，右上极可闻及血管杂音。为明确诊断，行下列哪项检查

    A. FT_3、FT_4、TSH 测定   B. 心电图

    C. T_3 抑制试验   D. TRH 兴奋试验

    E. 甲状腺摄[131]I 率

73. 男，45 岁，较肥胖，因面部反复疖肿 2 个月就诊，无明显"三多一少"症状，空腹血糖 7.6mmol/L，父母均为 2 型糖尿病患者。此时首选具有诊断意义的检查是

A. 100g 法葡萄糖耐量试验＋C 肽释放试验

B. 75g 法葡萄糖耐量试验＋胰岛素释放试验

C. 尿糖测定

D. 空腹血糖测定

E. 糖化血红蛋白测定

74. 男性,60 岁,溃疡穿孔单纯修补术后 7 天,体温 38℃,右上腹痛,肝区叩痛,右肺下野呼吸音弱,X 线检查示右膈升高,可能是并发

A. 右下肺炎 B. 急性胆囊炎

C. 再穿孔 D. 右膈下脓肿

E. 急性胰腺炎

75. 男,26 岁,左腰腿痛 1 个月加重 5 天,直腿抬高试验及加强试验阳性,左蹚趾背伸肌力减弱,X 线平片示腰椎曲度变直,轻度退行性改变,经进一步检查诊断腰椎间盘突出症。该患者最好的治疗方案是

A. 绝对卧床休息半个月并用镇痛药物 B. 立即牵引治疗

C. 推拿按摩 D. 理疗

E. 手术治疗

76. 女,27 岁,农民。尿频、尿急、尿痛,加重时有终末血尿,尿 7~8 次,尿检查:红细胞、白细胞、脓细胞均满视野,尿普通细菌培养无细菌生长,尿路平片未见明显异常,按膀胱炎治疗已半年未见好转。首先要考虑哪一种疾病

A. 慢性肾盂肾炎 B. 泌尿系结核

C. 间质性膀胱炎 D. 泌尿系肿瘤

E. 尿道炎

77. 男性,30 岁,车祸伤及右髋,经检查,确诊为右髋后脱位,其右下肢应出现

A. 外旋 90° B. 外旋＜90°

C. 屈曲、内收、内旋 D. 屈曲、外展、外旋

E. 屈曲、外展、内旋

78. 男孩,3 岁,被母亲牵拉右手上台阶时突然哭闹,拒绝使用右上肢。桡骨头压痛,诊断首先考虑为

A. 右上肢软组织损伤 B. 右肘关节脱位

C. 右桡骨头半脱位 D. 右肩关节脱位

E. 肱骨髁上骨折

79. 男性,40 岁,跑步后出现右腰疼痛 1 天,尿呈淡洗肉水样,首先应该做下列哪些检查

A. 血常规和肾功能检查 B. 肝功能和肾功能检查

C. CT 和磁共振检查 D. 尿常规检查和泌尿系统平片

E. 24 小时尿液分析

80. 男性,45 岁,呕血 400ml,黑便 400g。查体:巩膜轻度黄染,肝脏未触及,脾肋下及边,肠鸣音活跃,移动性浊音阳性。诊断可能为

A. 胃癌出血 B. 消化性溃疡出血

C. 食管胃底静脉曲张出血 D. 肝癌破裂

E. 肠道出血

B 型 题

答题说明(81～100 题)

A、B、C、D、E 是备选答案,81～100 是考题。

答题时注意:如果这道题只与答案 A 有关,则请将 A 写在答题纸上;如果这道题只与答案 B 有关,则请将 B 写在答题纸上;余类推。每一答案可以选择一次或一次以上,也可以一次也不选择。

    A. 胃底部   B. 胃窦部   C. 小肠上部   D. 回肠   E. 结肠

81. 分泌胃泌素的主要部位是

82. 吸收铁的主要部位是

    A. 脊髓   B. 延髓   C. 脑桥   D. 中脑   E. 大脑皮质

83. 腱反射的中枢位于

84. 跳跃反应的中枢位于

    A. 癌细胞团中央可见角化珠   B. 癌细胞团漂浮在黏液内

    C. 黏液将癌细胞核推向一侧   D. 癌细胞呈条索状排列

    E. 癌细胞形成乳头结构

85. 实性癌的组织学表现是

86. 印戒细胞癌的组织学表现是

    A. 胃黏膜腺体萎缩、胃酸缺乏   B. 胃黏膜浅层淋巴细胞浸润

    C. 胃黏膜腺体增生、胃酸减少   D. 胃黏膜腺体增生、胃酸增多

    E. 胃黏膜浅层中性粒细胞浸润

87. 慢性萎缩性胃炎

88. 慢性肥厚性胃炎

    A. 链霉素   B. 氯霉素   C. 白喉毒素   D. 嘌呤霉素   E. 红霉素

89. 对真核及原核生物的蛋白质合成都有抑制作用的是

90. 主要抑制哺乳动物蛋白质合成的是

    A. 心包摩擦音

    B. 舒张早期奔马律

    C. 颈静脉怒张,奇脉,脉压减小

    D. 心界向两侧扩大,心音遥远,Ewart 征

    E. 血压下降或休克,颈静脉怒张,心音遥远

91. 急性纤维蛋白性心包炎

92. 渗出性心包炎

    A. 乙醇   B. 纳洛酮   C. 乙酰胺   D. 维生素 K_1 E. 阿托品

93. 女性,24 岁,吸食二醋吗啡后昏迷不醒,体检:呼吸浅慢,瞳孔缩小。可用来解毒的是

94. 女性,30 岁,因服呋喃丹若干后呕吐、出汗、流涎半小时被人送医院急诊。可用来解

毒的是

    A. 细胞中含粗大嗜天青颗粒比例≥30%

    B. POX 反应、非特异性酯酶均阴性

    C. 糖原染色阳性,呈块状或颗粒状

    D. 过氧化物酶阳性

    E. 非特异性酯酶阳性,能被 NaF 抑制

95. 急性淋巴细胞白血病的实验室检查为

96. 急性单核细胞白血病的实验室检查为

    A. "铅管"征   B. "鹅卵石"征

    C. "鸟嘴"征   D. "杯口"征

    E. 充盈缺损

97. 乙状结肠扭转的典型 X 线征象是

98. 肠套叠的典型 X 线征象是

    A. 化疗   B. 放疗

    C. 根治性手术   D. 化疗和根治性手术

    E. 放疗和根治性手术

99. 骨肉瘤采用的治疗方法是

100. 软骨肉瘤采用的治疗方法是

C 型 题

答题说明(101～120 题)

  A、B、C、D 是备选答案,101～120 是考题。

答题时注意:如果这道题只与答案 A 有关,则请将 A 写在答题纸上;如果这道题只与答案 B 有关,则请将 B 写在答题纸上;如果这道题与答案 A 和 B 都有关,则请将 C 写在答题纸上;如果这道题与答案 A 和 B 都无关,则请将 D 写在答题纸上。

    A. 房室瓣关闭   B. 动脉瓣开放

    C. 两者都是   D. 两者都不是

101. 快速射血期

102. 快速充盈期

    A. 肾小球系膜细胞增生   B. 肾小管上皮细胞玻璃样变

    C. 两者均有   D. 两者均无

103. 膜性肾小球肾炎

104. 新月体性肾小球肾炎

    A. 侵犯子宫深肌层   B. 绒毛形成

    C. 两者均有   D. 两者均无

105. 葡萄胎

106. 恶性葡萄胎

A. RF-1　　　　　　　　　　　　B. RF-2

C. 两者均是　　　　　　　　　　D. 两者均不是

107. 能辨认终止密码子 UAA 的翻译释放因子是

108. 能辨认终止密码子 UGA 的翻译释放因子是

A. O-连接的糖蛋白　　　　　　　B. N-连接的糖蛋白

C. 两者均是　　　　　　　　　　D. 两者均非

109. 参与新生多肽的折叠

110. 寡糖链中含唾液酸和岩藻糖

A. 阻塞性通气功能障碍　　　　　B. 限制性通气功能障碍

C. 两者均有　　　　　　　　　　D. 两者均无

111. 支气管哮喘

112. 自发性气胸

A. 易伴发肺脓肿　　　　　　　　B. 首选氨基糖苷类抗生素治疗

C. 两者均有　　　　　　　　　　D. 两者均无

113. 克雷伯杆菌肺炎

114. 金黄色葡萄球菌肺炎

A. 贫血、乏力、腹部肿块　　　　B. 肠梗阻、排便习惯与粪便性状改变

C. 两者均有　　　　　　　　　　D. 两者均无

115. 右侧结肠癌常有的临床表现是

116. 左侧结肠癌常有的临床表现是

A. 膀胱刺激症状　　　　　　　　B. 排便里急后重感

C. 两者均有　　　　　　　　　　D. 两者均无

117. 膈下脓肿

118. 盆腔脓肿

A. 发热、膝部疼痛、关节活动受限　B. 膝关节穿刺液中找到脓细胞

C. 两者均有　　　　　　　　　　D. 两者均无

119. 股骨下端急性化脓性骨髓炎的症状为

120. 膝关节急性化脓性关节炎的症状为

X 型 题

答题说明(121～160题)

　　下列 A、B、C、D 4 个选项中,至少有一个答案是正确的。请您根据题意,有几个正确选项,便在答题纸上将相应题号的相应字母写上,多选或少选均不得分。

121. TSH 对甲状腺的作用有

A. 促进甲状腺聚碘　　　　　　　B. 促进甲状腺激素合成与释放

C. 促进甲状腺激素的储存　　　　D. 刺激腺细胞增生与腺体增大

122. 下列哪些物质可作为含氮激素作用的第二信使

A. ATP   B. cAMP   C. DG   D. IP_3

123. 下列关于抗利尿激素作用的描述,正确的是
    A. 提高近端小管对水的通透性
    B. 大剂量可使血管收缩、血压升高
    C. 在尿的浓缩和稀释中起关键作用
    D. 增加髓袢升支粗段对 NaCl 的重吸收

124. 小肠吸收营养物质的有利条件包括
    A. 黏膜表面积大   B. 食物已分解为小分子物质
    C. 肠绒毛血液及淋巴循环丰富   D. 食物在小肠停留时间较长

125. 影响肾小球超滤液生成量的因素有
    A. 肾小球滤过膜的面积   B. 肾小球滤过膜的通透性
    C. 有效滤过压   D. 肾血浆流量

126. 视杆细胞的特点是
    A. 分辨能力强   B. 能感受色觉
    C. 光敏感度高   D. 分布于视网膜周边部

127. 下列哪几项是神经纤维传导兴奋时的特征
    A. 全或无式   B. 绝缘性   C. 双向性   D. 易疲劳

128. 营养不良性钙化可见于
    A. 结核病   B. 血栓
    C. 动脉粥样硬化斑块   D. 老年性主动脉瓣病变

129. 光镜下,肉芽组织内可见
    A. 大量毛细血管   B. 成纤维细胞
    C. 巨噬细胞   D. 中性粒细胞

130. 炎症时,引起血管通透性增加的因素有
    A. 血管内皮细胞损伤   B. 新生毛细血管增多
    C. 血管扩张   D. 内皮细胞间隙加宽

131. 有关血栓的描述中,正确的有
    A. 心瓣膜上的血栓为赘生物
    B. 混合血栓在光镜下可见灰白和灰褐的相间条纹
    C. 透明血栓常发生于毛细血管
    D. 球形血栓常发生于左心房

132. 下列哪几项符合风湿性心内膜炎的病变
    A. 疣赘物内有细菌集落   B. 疣赘物小而附着牢固
    C. 瓣膜穿孔   D. 二尖瓣最常被累及

133. 亚急性甲状腺炎的主要病理变化为
    A. 甲状腺组织内可有不规则的坏死破裂的病灶
    B. 可以形成类似结核结节的肉芽肿
    C. 晚期甲状腺可严重破坏形成纤维化
    D. 病变组织内多有砂粒体

134. 流行性脑脊髓膜炎可有下列哪些表现

A. 脑膜刺激症状   B. 皮肤和黏膜出现瘀点或瘀斑

C. 脑脊液混浊,有大量脓细胞   D. 脑脊液涂片可找到病原体

135. 下列氨基酸中属于酸性氨基酸的是

A. 谷氨酸   B. 精氨酸   C. 赖氨酸   D. 天冬氨酸

136. RNA 中所含碱基通常有

A. A,G   B. T,C   C. U,C   D. U,T

137. 蛋白质合成的延长阶段,包括下列哪些步骤

A. 起始   B. 进位   C. 成肽   D. 转位

138. DNA 复制与 RNA 转录的共同点是

A. 需要 DNA 指导的 DNA 聚合酶   B. 需要 DNA 模板

C. 合成方向为 $5' \rightarrow 3'$ D. 合成方式为半不连续合成

139. 选择克隆载体时,不需要考虑下列哪些因素

A. 能够自我复制

B. 在翻译水平上适当的翻译控制序列

C. 具有多个单一限制性内切酶切位点

D. 含有一个或多个筛选基因标记

140. 下列被称为第二信使的是

A. cAMP   B. G 蛋白

C. 1,4,5-三磷酸肌醇(IP₃)   D. 甘油二酯(DG)

141. 慢性支气管炎并发肺气肿时 X 线一般不表现为

A. 胸廓扩张、活动度减弱   B. 两肺纹理粗乱

C. 两肺透光度增加   D. 两肺多发性空洞

142. 直接引起左心压力负荷过重的瓣膜病为

A. 主动脉瓣狭窄   B. 主动脉瓣关闭不全

C. 二尖瓣狭窄   D. 二尖瓣关闭不全

143. 下列哪些疾病的胸腔积液主要是由于胸膜毛细血管内胶体渗透压降低所致

A. 肝硬化   B. 缩窄性心包炎

C. 肾病综合征   D. 肺梗死

144. 下列 NHL 的病理类型中,哪些属于高度恶性

A. 免疫母细胞型   B. 淋巴母细胞型

C. 小淋巴细胞型   D. 滤泡性大细胞型

145. 下列哪些属于尿毒症肾性骨病的原因

A. 甲状旁腺功能减退   B. 低蛋白血症和营养不良

C. 破骨细胞活性增强   D. 低磷血症

146. 关于尿路感染,下述哪些是正确的

A. 老年男性尿路感染多与前列腺肥大相关

B. 感染途径以上行感染最多

C. 血行感染以大肠埃希菌最多见

D. 中段尿培养发现 2 种以上的细菌者皆为污染

147. 下列疾病的外周血中出现幼红细胞的有

A. 溶血性贫血   B. 急性失血性贫血

C. 骨髓纤维化   D. 低增生性白血病

148. 下列可作为内分泌功能抑制试验的有

A. ACTH 试验   B. TRH 试验

C. 地塞米松试验   D. 葡萄糖耐量试验

149. 下列关于清除进入人体尚未吸收毒物的措施,不正确的有

A. 吞服腐蚀性毒物者应立即催吐

B. 昏迷患者插管洗胃可导致吸入性肺炎

C. 清洗皮肤宜用肥皂水或温水

D. 清除肠道内毒物宜用硫酸镁或蓖麻油导泻

150. 关于糖尿病饮食治疗,下列叙述哪项错误

A. 饮食治疗是糖尿病治疗的重要辅助措施

B. 须定时定量

C. 饮食治疗的关键是少摄入碳水化合物(占总热量的 30% 即可)

D. 每餐热量参照患者饮食习惯确定

151. 关于乳腺脓肿的治疗原则,下列哪些是正确的

A. 切开引流时尽可能取弧形切口

B. 乳晕下脓肿应沿乳晕边缘作弧形切口

C. 切开引流时,应避免切开脓肿隔膜

D. 乳房后脓肿应沿乳房下缘作弧形切口

152. 消化道穿孔的临床特点有

A. 突然剧烈腹痛,呕吐   B. 必有胃十二指肠溃疡病史

C. 大便潜血试验阳性   D. 肠鸣音减弱或消失

153. 关于化脓性关节炎与关节结核,下列哪些有助于两者的鉴别

A. 浮髌试验阳性

B. 关节液是否培养出革兰阳性球菌

C. 局部是否有红肿、疼痛与皮温明显增高

D. 血和关节液的白细胞总数和中性粒细胞增多的程度

154. 骨折功能复位标准是

A. 可允许与关节面平行的侧方移位

B. 没有旋转移位和分离移位

C. 长骨干横行骨折骨折端对位至少达 1/3 左右

D. 可允许轻微成角移位

155. 甲状腺手术后导致呼吸困难的可能原因有

A. 伤口内出血、压迫气管   B. 双侧喉上神经损伤

C. 气管软化、塌陷   D. 急性喉头水肿

156. 休克的治疗原则包括

A. 尽早去除引起休克的原因   B. 尽快恢复有效血容量

C. 增加心脏功能   D. 纠正微循环障碍

157. 门静脉高压症时可出现

A. 下肢静脉曲张　　　　　　　　B. 脐周静脉曲张

C. 胃黏膜出血　　　　　　　　　D. 血小板减少

158. 下列哪些属于骨折的晚期并发症

A. 感染　　　　　　　　　　　　B. 骨筋膜综合征

C. 神经损伤　　　　　　　　　　D. 损伤性骨化

159. 有关恶性肿瘤的临床表现，下列哪些是错误的

A. 疼痛为初发症状　　　　　　　B. 常易出血和形成溃疡

C. 局部不一定扪及肿块　　　　　D. 可出现淋巴道和血道转移

160. 有关急性胆囊炎，下列叙述正确的有

A. 黄疸出现得早且明显　　　　　B. 有时可扪及有触痛的肿大胆囊

C. Murphy 征阳性　　　　　　　　D. 右上腹可有压痛及肌紧张

A_1 型题

答题说明(1~50题)

每一道题下面有 A、B、C、D、E 5 个备选答案。在答题时,只需从中选择一个最合适的答案,写在答题纸上。

1. 葡萄糖或氨基酸逆浓度梯度跨细胞膜转运的方式是
   A. 单纯扩散
   B. 经载体易化扩散
   C. 经通道易化扩散
   D. 原发性主动转运
   E. 继发性主动转运

2. 易化扩散和主动转运的共同特点是
   A. 要消耗能量
   B. 顺浓度梯度
   C. 需膜蛋白帮助
   D. 被转运物都是小分子
   E. 有饱和现象

3. 射血分数是指
   A. 每搏量/心室舒张末期容积
   B. 心排血量/体表面积
   C. 心室收缩末期容积/心室舒张末期容积
   D. 心排血量/心室舒张末期容积
   E. 心室舒张末期容积/体表面积

4. 下列哪一项指标可用来反映心脏射血的前负荷
   A. 心室收缩末期容积
   B. 心室舒张末期容积
   C. 心室等容舒张期容积
   D. 等容收缩期心室内压
   E. 快速射血期心室内压

5. 对肺泡气体分压变化起缓冲作用的是
   A. 补吸气量
   B. 补呼气量
   C. 深吸气量
   D. 功能残气量
   E. 残气量

6. O_2 的利用系数是指
   A. 血液流经组织时所含 O_2 量占 O_2 容量的百分数
   B. 血液流经组织时释放出的 O_2 容积占动脉血 O_2 含量的百分数
   C. 血液流经组织时释放出的 O_2 容积占静脉血 O_2 容量的百分数
   D. 静脉血 O_2 含量/动脉血 O_2 含量比值
   E. 动脉血 O_2 含量/静脉血 O_2 含量比值

7. 机体在安静状态下的主要产热组织器官是
   A. 骨骼肌
   B. 肝
   C. 胰腺
   D. 脾
   E. 皮肤

8. 建立肾内髓部渗透压梯度的主要溶质是
    A. 磷酸盐和 NaCl
    B. KCl 和尿素
    C. 尿素和葡萄糖
    D. NaCl 和 KCl
    E. 尿素和 NaCl

9. 下列关于腱器官的描述,正确的是
    A. 与梭外肌纤维呈并联关系
    B. 与梭内肌纤维呈串联关系
    C. 是一种长度感受器
    D. 传入纤维是 Ⅱ 类纤维
    E. 作用意义在于避免肌肉拉伤

10. 关于凋亡的叙述,下列哪项不正确
    A. 只累及单个细胞或小团细胞
    B. 细胞质膜不破裂
    C. 不引发急性炎症反应
    D. 凋亡的发生与基因调节有关
    E. 可破坏组织结构

11. 下列哪些成分不会成为栓子
    A. 肿瘤细胞团
    B. 血吸虫虫卵
    C. 机化的血栓
    D. 血液中的气体
    E. 脂肪滴

12. 细胞内出现 Mallory 小体常见于
    A. 门脉性肝硬化
    B. 坏死后性肝硬化
    C. 淤血性肝硬化
    D. 酒精性肝硬化
    E. 胆汁性肝硬化

13. 在白细胞的渗出过程中,下列哪种细胞最先渗出
    A. 巨噬细胞
    B. 淋巴细胞
    C. 浆细胞
    D. 中性粒细胞
    E. 嗜酸性粒细胞

14. 中央型肺癌的特点不包括下列哪项
    A. 由段以上支气管发生
    B. 位于肺门部
    C. 多是小细胞肺癌
    D. 较易被纤维支气管镜检查发现
    E. 巨大癌块环绕癌变支气管

15. 下列哪种病理过程不属于动脉粥样硬化
    A. 血栓形成
    B. 纤维素性坏死
    C. 玻璃样变
    D. 出血
    E. 钙化

16. 伤寒小结的主要构成成分是
    A. 类上皮细胞
    B. 淋病细胞
    C. 多核巨细胞
    D. 浆细胞
    E. 巨噬细胞

17. 分子结构中含有 2 个羧基的氨基酸是
    A. 丝氨酸   B. 谷氨酸   C. 酪氨酸   D. 苏氨酸   E. 亮氨酸

18. 下列蛋白质通过凝胶过滤层析时最先被洗脱的是
    A. 马肝过氧化氢酶(相对分子质量 247 500)

B. 肌红蛋白（相对分子质量 16 900）

C. 人血清清蛋白（相对分子质量 68 500）

D. 牛 β-乳球蛋白（相对分子质量 35 000）

E. 牛胰岛素（相对分子质量 5733）

19. DNA 双螺旋结构的特点之一是

A. 碱基朝向螺旋外侧　　　　　　　　　B. 碱基朝向螺旋内侧

C. 磷酸核糖朝向螺旋内侧　　　　　　　D. 糖基平面与碱基平面平行

E. 碱基平面与螺旋轴平行

20. 决定酶催化反应类型的是

A. 酶的活性中心　　　　　　　　　　　B. 活性中心外的必需基团

C. 辅酶或辅基　　　　　　　　　　　　D. 酶蛋白

E. 催化亚基

21. 在 DNA 生物合成中，具有催化 RNA 指导的 DNA 聚合反应、RNA 水解及 DNA 指导的 DNA 聚合反应三种功能的酶是

A. DNA 聚合酶　　　　B. RNA 聚合酶　　　　C. 反转录酶

D. DNA 水解酶　　　　E. 连接酶

22. 下列哪一种物质不参与蛋白质的合成

A. hnRNA　　　　　　B. mRNA　　　　　　C. tRNA

D. 核糖体　　　　　　E. 氨酰-tRNA 合成酶

23. TATA 盒结构是典型的

A. 真核启动子　　　　B. 原核启动子　　　　C. 真核沉默子

D. 转录因子　　　　　E. 反式作用因子

24. 操纵子的基因表达调节系统属于

A. 复制水平调节　　　　　　　　　　　B. 转录水平调节

C. 翻译水平调节　　　　　　　　　　　D. 翻译后水平调节

E. 反转录水平调节

25. 林可霉素的抗菌作用是由于抑制了细菌的

A. 细胞色素氧化酶　　　　　　　　　　B. 嘌呤核苷酸代谢

C. 二氢叶酸还原酶　　　　　　　　　　D. 核蛋白体上的转肽酶

E. 基因表达

26. 在我国继发性高血压的常见原因是

A. 肾性高血压　　　　　　　　　　　　B. 嗜铬细胞瘤

C. 原发醛固酮增高症　　　　　　　　　D. 皮质醇增多症

E. 妊娠高血压

27. 关于二尖瓣狭窄患者的防治，以下哪项不正确

A. 为预防风湿热复发，可终生应用长效青霉素

B. 一旦诊断确立，即可用洋地黄

C. 二尖瓣狭窄窦性心律者，一般不用洋地黄

D. 无症状者避免剧烈体力活动、定期复查

E. 呼吸困难者，减少体力活动，限盐、利尿、避免和控制诱发急性肺水肿的因素

28. 洋地黄中毒最容易引起的心电图表现是
    A. QT 间期延长
    B. 室性期前收缩二联律
    C. ST-T 呈鱼钩样改变
    D. 三度房室传导阻滞
    E. 室上性心动过速

29. 关于气胸患者胸腔闭式引流错误的是
    A. 插管部位多取锁骨中线外侧第 2 肋间
    B. 液气胸患者可选腋前线第 4~5 肋间,或在 X 线透视下选择适当部位
    C. 导管另一端应置于水封瓶水面下 1~2cm
    D. 水封瓶玻璃管中液面不再波动时,即证明肺已全部复张,可拔除导管
    E. 水封瓶引流后肺持久不能复张,可加用负压吸引

30. 以下哪项不属于肺结核的并发症
    A. 脓胸   B. 气胸   C. 肺癌   D. 肺气肿   E. 肺心病

31. 呼吸衰竭严重缺氧可导致机体内的变化,下列哪项错误
    A. 可抑制细胞能量代谢的氧化磷酸化作用
    B. 可产生乳酸和无机磷,引起代谢性酸中毒
    C. 氢离子进入细胞内引起细胞内酸中毒
    D. 组织二氧化碳分压增高
    E. 体内离子转运的钠泵损害,引起细胞内高钾

32. Crohn 病与肠结核最重要的鉴别在于
    A. 有无发热、乏力、腹泻
    B. 病变是否见于回肠末段
    C. 肉芽肿有无干酪坏死
    D. 有无血沉增快
    E. 是否形成瘘管

33. 下列哪项不是急性重症胰腺炎的特点
    A. 出现多脏器功能衰竭
    B. 出现休克
    C. 胰腺周围脓肿
    D. 腹痛不缓解
    E. 出现精神神经系统症状

34. 甲状腺功能亢进症最常见于
    A. 碘甲亢
    B. 甲状腺炎伴甲亢
    C. Graves 病
    D. 多结节性甲状腺肿伴甲亢
    E. 自主性高功能甲状腺结节

35. 缺铁性贫血患者铁的变化顺序是
    A. 低血清铁-骨髓贮存铁减少-贫血
    B. 低血清铁-贫血-骨髓贮存铁减少
    C. 骨髓贮存铁减少-贫血-低血清铁
    D. 贫血-骨髓贮存铁减少-低血清铁
    E. 骨髓贮存铁减少-低血清铁-贫血

36. 关于慢粒白血病急性变,下列哪项不符合
    A. 外周血嗜碱性粒细胞>20%
    B. 外周血出现有核红细胞
    C. 骨髓中原始细胞>20%
    D. 除 Ph 染色体外,出现其他染色体异常
    E. 原因不明的血小板进行性减少或增高

37. 治疗特发性血小板减少性紫癜,下列哪项不是切脾的指征

    A. 糖皮质激素治疗 1 个月无效　　　　B. 糖皮质激素治疗 3~6 个月无效

    C. 糖皮质激素治疗有效,但减量时复发　D. 对糖皮质激素有禁忌证

    E. ^{51}Cr 扫描脾区放射指数增高

38. 慢性肾衰患者贫血最主要的原因是

    A. 失血　　　　　　　　　　　　　　B. 红细胞生成素缺乏

    C. 胍类抑制红细胞生长　　　　　　　D. 缺铁

    E. 低蛋白

39. 下列最易致低钾血症的是

    A. 大量出汗　　　　　　　　　　　　B. 严重肠瘘

    C. 大面积烧伤　　　　　　　　　　　D. 感染性休克

    E. 大量输血

40. 各类休克的共同点为

    A. 血压下降　　　　　　　　　　　　B. 有效循环血量急剧减少

    C. 皮肤苍白　　　　　　　　　　　　D. 四肢湿冷

    E. 烦躁不安

41. 关于颈神经丛阻滞,正确的是

    A. 颈神经丛由 $C_{1~4}$ 脊神经组成　　　B. 可用于肩部手术

    C. 并发症多发生于颈浅丛神经阻滞　　D. 多采用双侧颈深丛阻滞

    E. 锁骨上径路同臂神经丛阻滞

42. 破伤风患者应用抗菌药物的目的是

    A. 中和破伤风外毒素　　　　　　　　B. 破坏破伤风梭菌的芽胞

    C. 抑制破伤风梭菌　　　　　　　　　D. 中和破伤风内毒素

    E. 消除破伤风毒素的作用

43. 关于前列腺癌,不正确的是

    A. 绝大部分属腺癌

    B. 超出包膜的肿瘤则行放疗和内分泌治疗

    C. 限于包膜内的肿瘤行前列腺根治切除

    D. 多起源于尿道周围增生的腺体

    E. 多发生于老年人

44. 腹部损伤常见受损内脏依次是

    A. 肝、脾、肾、胃　　　　　　　　　　B. 肾、脾、肝、胃

    C. 胃、肝、脾、肾　　　　　　　　　　D. 脾、肝、肾、胃

    E. 脾、胃、肾、肝

45. 上消化道大出血最常见的原因是

    A. 胃癌　　　　　　　　　　　　　　B. 出血性胃炎

    C. 门脉高压症　　　　　　　　　　　D. 胃、十二指肠溃疡

    E. 肝内局限性感染

46. 下列关于胆管癌的描述,哪项正确

    A. 下段发病率最高　　　　　　　　　B. 病理组织大多是腺鳞癌

C. 癌肿生长缓慢,极少发生远处转移　　　　D. 放射治疗敏感

    E. 少数患者会出现黄疸

47. 最常出现 Charcot 三联征的疾病是

    A. 细菌性肝脓肿　　　　　　　　　　　　B. 黄疸性肝炎

    C. 胆总管结石　　　　　　　　　　　　　D. 肝癌

    E. 胰头癌

48. 在骨折的急救中,下列哪项处理不正确

    A. 首先抢救生命

    B. 可用当时认为最清洁的布类包扎创口

    C. 开放外露的骨折断端均应立即复位

    D. 妥善的外固定十分重要

    E. 患者经妥善固定后,应迅速转运往医院

49. 腰椎间盘突出症的诱因是

    A. 腰椎间盘退行性变　　　　　　　　　　B. 腰部扭伤

    C. 腰肌受凉　　　　　　　　　　　　　　D. 腰部损伤,积累伤力

    E. 腰部软组织感染

50. 脊柱骨折和脱位最基本的辅助检查是

    A. MRI 检查　　　　　　　　　　　　　B. CT 检查

    C. X 线检查　　　　　　　　　　　　　　D. B 超

    E. 椎管造影

A₂ 型 题

答题说明(51~80 题)

    每一道题是以一个病例或一种复杂情况出现的,其下面都有 A、B、C、D、E 5 个备选答案。请从中选择一个最佳答案,并写在答题纸上。

51. 下列哪种情况不会发生在壁细胞完全缺乏的人

    A. 消化蛋白质能力降低　　　　　　　　　B. 维生素 B_{12} 吸收减少

    C. 胃蛋白酶活性降低或消失　　　　　　　D. 肠道细菌生长加速

    E. 胰碳酸氢盐分泌减少

52. 某人患贫血,血红蛋白浓度只有 80g/L,血氧含量明显降低,细胞供氧不足,但患者却并不出现皮肤、甲床发绀的体征。这是由于在体表表浅毛细血管床血液中的去氧血红蛋白的含量没有达到多少(g/dl)以上

    A. 3　　　　　　B. 5　　　　　　C. 7　　　　　　D. 9　　　　　　E. 11

53. 男性,45 岁,1 年来经常头痛,血压维持在 150/105mmHg,心率 80 次/分,下列对血压升高原因的分析,较合理的是

    A. 心脏收缩力过强,心排血量增加　　　　B. 心率过快

    C. 外周阻力增加　　　　　　　　　　　　D. 大动脉弹性降低

    E. 血管容量增加

54. 男,65 岁,肺气肿患者,现欲评价其肺通气功能,下列哪个指标较好

A. 潮气量   B. 功能残气量

C. 肺活量   D. 时间肺活量

E. 潮气量与肺活量之比

55. 下列关于近视眼的叙述,哪项是错误的

A. 眼球前后径过长   B. 近点较正常眼更远

C. 眼的折光力过强   D. 平行光线聚焦于视网膜前

E. 可用凹透镜矫正

56. 女性,50 岁,颈部淋巴结肿大。活检示:B 细胞性淋巴瘤。下列哪项是我国最常见的 B 细胞性淋巴瘤

A. 滤泡性淋巴瘤   B. 套细胞淋巴瘤

C. 小淋巴细胞淋巴瘤   D. 弥漫性大 B 细胞淋巴瘤

E. Burkitt 淋巴瘤

57. 男性,38 岁,十多年来,反酸、嗳气、上腹部疼痛,空腹发作,进食可缓解。经检查确诊为十二指肠溃疡,下面符合该病的描述为

A. 溃疡多在十二指肠降部   B. 溃疡大小多在 2cm 以上

C. 出血是常见并发症   D. 不易发生穿孔

E. 容易发生癌变

58. 女性,65 岁,高血压病史近 30 年。1 小时前突然意识丧失,送急诊。查体:血压 180/100mmHg,患者神志不清,口角向右上方歪斜,右侧上、下肢瘫痪。符合该患者疾病的描述是

A. 脑梗死   B. 脑出血   C. 脑肿瘤   D. 脑脓肿   E. 高血压脑病

59. 男,40 岁,吸烟史 20 年,每日 2~3 包。近日咳嗽加重,X 线显示左上肺阴影。支气管镜黏膜活检,可见鳞状上皮。此种病理变化属于

A. 支气管黏膜萎缩   B. 支气管黏膜鳞状上皮化生

C. 支气管黏膜鳞状上皮增生   D. 支气管黏膜增生

E. 支气管黏膜肥大

60. 女性,22 岁,发现右下腹包块 3 个月,手术发现右卵巢被破坏,被一个囊性肿物所取代,囊内充满脂性物质、毛发,囊壁可见牙齿。应诊断为

A. 无性细胞瘤   B. 皮样囊肿   C. 错构瘤   D. 迷离瘤   E. 畸胎瘤

61. 镰状细胞贫血是血红蛋白基因点突变,引起其 β 肽链上 1 个氨基酸被代替所致,这一突变可由下面哪项方法查出

A. 从血中淋巴细胞分离 DNA,对其基因内含子 DNA 作序列测定

B. 从血中淋巴细胞分离 DNA,用 Southern 印迹法分析检查外显子大小

C. 从血中淋巴细胞分离 DNA,用 PCR 扩增,限制内切酶水解

D. 从血中淋巴细胞分离 DNA,用 PCR 扩增,作等位基因特异性寡核苷酸(ASO)杂交

E. 作红细胞提取物 Western 印迹

62. 真核细胞的蛋白质合成不同于原核细胞的蛋白质合成。下列哪项是真核细胞合成蛋白质需要而原核细胞不需要的

A. rRNA   B. mRNA

C. 信号识别颗粒   D. 转肽酶

E. GTP

63. 糖原磷酸化酶经过 pH2.7 阳离子交换柱,该酶的比活性从 2.5U/mg 匀浆蛋白质增加到 325.5U/mg 蛋白质,从以上数据可得出何种结论

    A. 酶的产量大于 80%   B. 酶在 pH2.7 带负电荷

    C. 酶纯化 100 倍以上   D. 酶是球状结构

    E. 酶处于活性状态

64. 蛋白质与 DNA 结合有一些特别的结构上的安排,这类蛋白质为调控蛋白。下列常见的哪种蛋白质结构提示其蛋白质为 DNA 结合蛋白

    A. β折叠   B. α螺旋

    C. β转角   D. 三股螺旋

    E. 锌指结构

65. G 蛋白是细胞信号传递中重要的成员,G 蛋白指的是

    A. 蛋白激酶 A   B. 蛋白激酶 G

    C. 鸟苷酸环化酶   D. 鸟苷酸结合蛋白

    E. DNA 双螺旋结合蛋白

66. 男性,62 岁,发现高血压 12 年,近 4 年出现胸骨后疼痛,诊断为原发性高血压、冠心病(心绞痛型),给予硝苯地平和 β受体阻断药口服。1 天前突然出现气急、咳嗽,咳泡沫样痰。检查:端坐呼吸,血压 150/90 mmHg,心率 130 次/分,房颤心律,双肺底湿性啰音,下肢无水肿。该患者目前的诊断应是

    A. 全心力衰竭   B. 支气管哮喘

    C. 急性左心力衰竭   D. 急性前壁心肌梗死

    E. 冠心病心绞痛发作

67. 女,29 岁,右胸痛 2 周伴发热 38.5℃,有干咳。胸痛开始为尖锐针刺样,深呼吸及咳嗽时加剧。近 3 天觉胸痛减轻,但活动后有气促。体检:右下肺呼吸音减低,叩诊浊音。可能的诊断是

    A. 大叶性肺炎   B. 右侧气胸

    C. 肺梗死   D. 右侧胸腔积液

    E. 肝脓肿

68. 女,20 岁,因腹泻、血便、高热和全腹触痛伴反跳痛入院。结肠镜检查证实直肠黏膜弥漫性充血、质脆、易出血,伴有小的出血性溃疡。腹部平片显示横结肠段扩张。该患者最可能的诊断是

    A. 肠结核并肠梗阻   B. Crohn 病

    C. 溃疡性结肠炎并中毒性结肠扩张   D. 结肠癌

    E. 细菌性痢疾

69. 男性,18 岁,确诊急性淋巴细胞白血病 1 年,突发头痛,呕吐 2 天,临床怀疑有中枢神经系统白血病,下面脑脊液检查中哪项最具有意义

    A. 脑脊液糖含量下降   B. 脑脊液蛋白含量升高

    C. 脑脊液滴速加快   D. 脑脊液找到幼稚细胞

    E. 脑脊液细胞数增多

70. 30 岁女性患者,因"尿路感染"服药后症状消失,3 周后因劳累症状复现。要认定此

次是否为复发的最好方法是

    A. 尿中为同一种致病菌,尿细菌定量≥10^5/ml

    B. 尿中为同一种致病菌,尿细菌定量≥10^3/ml

    C. 尿中细菌种类相同且药敏结果相同,尿细菌定量≥10^5/ml

    D. 尿中细菌有无抗体包裹

    E. 尿中为同一种致病菌,尿细菌定量≥10^6/ml

71. 女,56岁,尿急、尿痛、尿频反复发作6年。化验尿白细胞0～2个/HPF、蛋白(－),中段尿培养(－),B超示:双肾大小正常。最可能的诊断为

    A. 慢性肾盂肾炎   B. 尿道综合征

    C. 肾结核   D. 慢性肾小球肾炎合并尿路感染

    E. 阴道炎合并尿路感染

72. 女性,32岁,肥胖、高血压、闭经1年,为排除Cushing综合征,下列哪项检查最有意义

    A. 血钾、钠浓度测定   B. 17-酮皮质类固醇测定

    C. ACTH测定   D. 17-羟皮质类固醇测定

    E. 测定血浆皮质醇水平及昼夜规律

73. 女,25岁,口服乐果40ml入院。神清,经洗胃和阿托品56mg治疗后瞳孔散大,烦躁,皮肤潮红,心率136次/分,肺部仍有散在湿啰音,有尿潴留。该患者此时的状况应为

    A. 阿托品化   B. 阿托品过量   C. 阿托品不足

    D. 中毒性肺水肿   E. 低渗状态

74. 女性,36岁,因胃不适反复呕吐后出现头晕、乏力、脉细速,血清Na^+ 130mmol/L、血清K^+ 4.5mmol/L、尿比重1.010,这是哪种水、电解质失调

    A. 高渗性缺水   B. 等渗性缺水   C. 低渗性缺水

    D. 低钾血症   E. 高钾血症

75. 一实习医生参加一阑尾切除手术,在上级医师指导下,担任手术者,上级医师任第一助手,进腹后发现阑尾已穿孔,手术困难,上级医师要转换到主刀位置。此时该生应如何转换位置

    A. 从手术台前走向对面位置

    B. 从手术器械台后走向对面位置

    C. 先退后一步,转过身,背对器械台走向对侧位置

    D. 先退后一步,面对器械台自器械台后走向对侧位置

    E. 先退后一步,面对器械台走向对侧与器械护士相遇时,转过身,背对背转至第一
        助手位置

76. 女,25岁,无意中发现甲状腺肿块7天,近3天来肿块迅速增大,伴有胀痛。甲状腺ECT检查:甲状腺右叶"冷结节"。应初步诊断为

    A. 单纯性甲状腺肿   B. 结节性甲状腺肿

    C. 甲状腺腺瘤   D. 甲状腺癌

    E. 甲状腺囊腺瘤并囊内出血

77. 男性,65岁。咳嗽、血痰3个月,胸片示右肺中叶不张,既往有多年吸烟史,最可能是

    A. 特发性肺纤维化   B. 肺泡蛋白沉积症

C. 结节病   D. 肺结核

    E. 肺癌

78. 男性,50岁,脓血便半年余,纤维结肠镜发现距肛门11cm处的直肠前壁有一分叶状息肉,直径1cm,基底宽,病理证实为直肠息肉恶性变,手术方式应选择

    A. 腹会阴联合直肠癌根治术   B. 乙状结肠造瘘术

    C. 经肛门局部切除术   D. 经腹直肠癌切除术

    E. 骶后径路局部切除术

79. 男孩,6岁,向前跌倒,右手着地。右肘部疼痛肿胀,肘后三角关系改变,最可能的诊断是

    A. 肘部软组织挫伤   B. 肱骨髁上骨折屈曲型

    C. 肱骨髁上骨折伸直型   D. 肘关节脱位

    E. 桡骨小头半脱位

80. 患儿,6岁,据X线片诊断锁骨青枝骨折,正确的处理是

    A. 三角巾悬吊患肢3周   B. 手法复位,8字绷带外固定

    C. 手术复位内固定   D. 不予处理

    E. 卧床2周

B 型 题

答题说明(81~100题)

    A、B、C、D、E是备选答案,81~100是考题。

答题时注意:如果这道题只与答案A有关,则请将A写在答题纸上;如果这道题只与答案B有关,则请将B写在答题纸上;余类推。每一答案可以选择一次或一次以上,也可以一次也不选择。

    A. FⅢ   B. FⅦ   C. FⅧ   D. FX   E. FⅫ

81. 内源性凝血途径的始动因子是

82. 外源性凝血途径的始动因子是

    A. 蛋白质消化产物   B. 盐酸

    C. 脂肪   D. 糖类

    E. 胆盐

83. 引起促胰液素释放作用最强的是

84. 引起促胃液素释放的主要因素是

    A. 化生   B. 增生   C. 再生   D. 机化   E. 钙化

85. 骨化性肌炎病灶中形成骨组织属于

86. 坏死组织被新生的肉芽组织取代的过程属于

    A. 可加重组织损伤   B. 可起到调理素的作用

    C. 可使炎症局限   D. 可清除致炎因子

    E. 可稀释毒素

87. C3b 渗出

88. 纤维蛋白渗出

　　A. 使 DNA 形成超螺旋结构

　　B. 使双螺旋 DNA 链缺口的两个末端连接

　　C. 解除 DNA 旋转引起的打结、缠绕

　　D. 将双螺旋解链,便于复制

　　E. 去除引物,填补空缺

89. DNA 连接酶

90. DNA 拓扑异构酶的作用是

　　A. 低血糖　　　　　　　　　　　B. 胃肠道反应

　　C. 水肿　　　　　　　　　　　　D. 心律失常

　　E. 低血压

91. 胰岛素治疗糖尿病的不良反应主要是

92. 双胍类治疗糖尿病的不良反应主要是

　　A. 血清铁蛋白增高,血清铁增高,总铁结合力增高

　　B. 血清铁蛋白增高,血清铁增高,总铁结合力降低

　　C. 血清铁蛋白增高,血清铁降低,总铁结合力降低

　　D. 血清铁蛋白降低,血清铁降低,总铁结合力降低

　　E. 血清铁蛋白降低,血清铁降低,总铁结合力增高

93. 缺铁性贫血的实验室检查为

94. 铁粒幼细胞性贫血的实验室检查为

　　A. 碱化尿液,继续观察　　　　　　B. 长期低剂量抑菌治疗

　　C. 抗生素 3 天治疗　　　　　　　D. 抗生素治疗 2 周

　　E. 联合使用抗菌药物 2 周

95. 27 岁女性患者,尿频、尿急 1 天,无畏寒发热、腰痛。尿常规:白细胞 10～15 个/HP,红细胞 0～3 个/HP。应采用哪种治疗方案

96. 75 岁女性患者,因脑梗死入院,插导尿管 3 天后 2 次中段尿培养示有大肠埃希菌生长,菌落计数 $>10^5$/ml。患者无发热、尿频、尿急、尿痛、腰痛。应采用哪种治疗方案

　　A. 腹会阴联合直肠癌根治术　　　　B. 经腹腔直肠癌切除术

　　C. 经腹直肠癌切除、近端造口、远端封闭手术　D. 乙状结肠造口术

　　E. 保守治疗

97. 直肠癌块下缘距肛门 10cm 的患者,原则上适用

98. 直肠癌块下缘距肛门 3cm,原则上适用

　　A. 胃大弯　　　　　　　　　　　B. 胃小弯

　　C. 胃窦　　　　　　　　　　　　D. 十二指肠前壁

　　E. 十二指肠后壁

99. 胃癌多见于

100. 十二指肠溃疡穿孔多位于

C 型 题

　　A. 快反应细胞 　　　　　　　　　B. 自律细胞

　　C. 两者都是 　　　　　　　　　　D. 两者都不是

101. 心室肌细胞属于

102. 窦房结细胞属于

　　A. 心内膜纤维化 　　　　　　　　B. 心室内附壁血栓

　　C. 两者均有 　　　　　　　　　　D. 两者均无

103. 扩张型心肌病

104. 心肌梗死

　　A. 溃疡边缘不隆起,呈斜漏斗状 　　B. 黏膜皱襞向溃疡集中

　　C. 两者均有 　　　　　　　　　　D. 两者均无

105. 溃疡型胃癌

106. 慢性胃溃疡

　　A. EFT 　　　　　　　　　　　　B. EFG

　　C. 两者均是 　　　　　　　　　　D. 两者均非

107. 肽链延长过程中转位酶活性存在于

108. 肽链延长过程中转肽酶存在于

　　A. GTP/GDP 结合蛋白 　　　　　　B. 转录因子(AP-1)

　　C. 两者均是 　　　　　　　　　　D. 两者均非

109. *ras* 的产物是

110. *fos* 的产物是

　　A. β_2 微球蛋白尿 　　　　　　　　B. 白蛋白尿

　　C. 两者均有 　　　　　　　　　　D. 两者均无

111. 肾小球性蛋白尿

112. 肾小管性蛋白尿

　　A. 胸腔漏出液 　　　　　　　　　B. 胸腔渗出液

　　C. 两者都有 　　　　　　　　　　D. 两者都无

113. 胸膜肿瘤可产生

114. 胸膜炎症可产生

　　A. 黏血便,血呈鲜红色 　　　　　　B. 暗红色血便

C. 两者均有可能　　　　　　　　D. 两者均不可能

115. 结肠癌

116. 直肠癌

A. 下肢内收畸形　　　　　　　　B. 下肢外旋畸形

C. 两者均有　　　　　　　　　　D. 两者均无

117. 髋关节后脱位

118. 股骨颈骨折

A. 膝腱反射改变　　　　　　　　B. 跟腱反射改变

C. 两者均有　　　　　　　　　　D. 两者均无

119. 腰$_{4\sim5}$椎间盘突出

120. 腰$_5\sim$骶$_1$椎间盘突出

X 型 题

答题说明(121～160 题)

下列 A、B、C、D 4 个选项中,至少有一个答案是正确的。请您根据题意,有几个正确选项,便在答题纸上将相应题号的相应字母写上,多选或少选均不得分。

121. 下列关于排尿反射的描述,正确的是

A. 适宜刺激是膀胱内压升高　　　B. 初级中枢位于延髓

C. 高级中枢位于脑干和大脑皮质　D. 尿液对尿道的刺激是负反馈机制

122. 延髓腹侧表面的化学敏感区能

A. 感受脑脊液中 H^+ 浓度升高的刺激

B. 感受缺 O_2 的刺激

C. 感受血中 PCO_2 升高的刺激

D. 直接调节脑脊液 pH,使之维持相对稳定

123. 本体感觉来自

A. 皮肤　　　　　　　　　　　　B. 肌肉和肌腱

C. 关节、韧带和骨膜　　　　　　D. 内脏

124. 内脏痛具有下列哪些特点

A. 定位不准确　　　　　　　　　B. 主要表现为慢痛

C. 对扩张和牵拉性刺激敏感　　　D. 常引起不愉快的情绪活动

125. 脊髓丘脑束损伤时可出现

A. 痛觉和温度觉减弱　　　　　　B. 触-压觉阈值升高

C. 皮肤触-压觉敏感区减小　　　　D. 触-压觉的定位受损

126. 下列哪些激素属于 HRP

A. TRH　　　　　　　　　　　　B. GnRH

C. CRH　　　　　　　　　　　　D. TSH

127. 睾酮的主要生理作用有

A. 维持生精过程　　　　　　　　B. 刺激男子生殖器官的生长发育

C. 维持男子正常的性欲   D. 促进蛋白质合成与骨骼生长

128. 凝固性坏死可能具有的形态特点是
    A. 质地较坚实   B. 结构轮廓可能保存
    C. 组织崩解较彻底   D. 形成干酪样坏死

129. 慢性肺淤血的特点包括
    A. 切面流出淡红色泡沫状液体   B. 肺泡腔内有心衰细胞
    C. 肺泡壁毛细血管扩张充血   D. 肺内支气管扩张

130. 艾滋病的传播途径包括
    A. 经血传播   B. 医务人员职业性传播
    C. 母婴传播   D. 粪-口传播

131. 肝硬化形成过程的基本病理变化是
    A. 肝细胞结节状再生   B. 肝细胞弥漫性变性坏死
    C. 间叶细胞增生   D. Kupffer 细胞增生

132. 流行性脑脊髓膜炎可有下列哪些表现
    A. 皮肤和黏膜出现瘀点或瘀斑   B. 颅内压升高
    C. 脑脊液混浊,有大量脓细胞   D. 脑脊液涂片可找到病原体

133. 慢性消耗性疾病时,下列哪些细胞可出现脂褐素
    A. 肝细胞   B. 胃黏膜上皮细胞
    C. 肾上腺皮质网状带细胞   D. 心肌细胞

134. 透明血栓可见于
    A. 微动脉   B. 微静脉   C. 毛细血管   D. 小动脉

135. 下列氨基酸的侧链上有羧基的是
    A. 谷氨酸   B. 精氨酸   C. 组氨酸   D. 天冬氨酸

136. 关于全酶的叙述,下列哪些是正确的
    A. 是一种结合蛋白
    B. 是酶的前体物质
    C. 除去辅酶后并不影响全酶的活性
    D. 由酶蛋白和所需的辅助因子组成的有完整功能的蛋白质

137. DNA 所含碱基通常是
    A. U-T   B. T-C   C. G-C   D. A-G

138. 需要 DNA 连接酶参与的过程有
    A. DNA 复制   B. 基因工程
    C. DNA 损伤修复   D. RNA 反转录

139. 下列哪些为聚合酶链反应的步骤
    A. 变性   B. 退火   C. 延伸   D. 热休克

140. Ca^{2+} 介导的信号传导效应有
    A. 调节钙调蛋白依赖性蛋白激酶   B. 调节蛋白磷酸酶
    C. 调节腺苷酸环化酶   D. 调节延迟反应基因表达

141. 下列哪些情况下可在心尖部听到舒张期杂音
    A. 缩窄性心包炎   B. 二尖瓣狭窄

C. 重度二尖瓣关闭不全   D. 主动脉瓣关闭不全

142. 引起支气管哮喘气流受限的原因包括
     A. 气道黏膜水肿   B. 腺体分泌亢进及黏液清除障碍
     C. 气道壁炎性细胞浸润   D. 气道平滑肌松弛

143. 以下哪些情况提示有肺结核病情活动
     A. 病灶边缘模糊   B. X线胸片病灶扩大
     C. 病灶密度高,边界清楚   D. 空洞形成

144. 关于慢性肾衰竭肾贮备能力下降期,下列哪些是正确的
     A. 临床上仅有原发肾病的表现   B. 内生肌酐清除率可轻度降低
     C. 血二氧化碳结合力轻度降低   D. 血肌酐浓度升高

145. 下列选项中,CD5$^+$ 的淋巴瘤亚型有
     A. 边缘区淋巴瘤   B. 滤泡性淋巴瘤
     C. 套细胞淋巴瘤   D. Burkitt 淋巴瘤

146. 关于糖尿病酮症酸中毒钾代谢紊乱的描述,正确的有
     A. 如诱因为胃肠功能紊乱,可因呕吐、腹泻丢钾
     B. 酮症后可因进食减少、呕吐致低钾
     C. 糖尿病加重后因渗透性利尿而排钾
     D. 酸中毒使钾向细胞内转移

147. 下列关于高血压脑病的特征,正确的有
     A. 可发生于嗜铬细胞瘤   B. 可发生于急进性高血压
     C. 以颅内压增高为主要表现   D. 大多数伴有急性肺水肿表现

148. 以下哪些属于冠心病的危险因素
     A. 高同型半胱氨酸血症   B. 血红蛋白异常
     C. 血脂、血压异常   D. 胰岛素抵抗与肥胖

149. 下列因素中哪些属于急性糜烂出血性胃炎的常见病因
     A. 急性应激   B. 非甾体消炎药
     C. 自身免疫异常   D. 幽门螺杆菌感染

150. 下列有关球后溃疡的描述,正确的有
     A. 发生在十二指肠球部后壁   B. 很少发生出血
     C. 与幽门螺杆菌感染有关   D. 内科治疗效果差

151. 下列哪些属于输血后发热反应的可能原因
     A. 溶血   B. 受血者有过敏体质
     C. 免疫反应   D. 致热原污染

152. 容易伴发代谢性酸中毒的病情是
     A. 长期静脉滴注葡萄糖   B. 弥漫性腹膜炎
     C. 幽门梗阻   D. 急性阑尾炎

153. 肝内胆道结石的主要症状为
     A. 肝大有触痛   B. 发热
     C. 明显黄疸   D. 患侧肝区持续性闷胀痛

154. 有关甲亢的临床表现,下列哪些是错误的

A. 甲状腺弥漫性肿大　　　　　　　B. 常见室性心律失常

C. 消瘦、体重减轻　　　　　　　　D. 精神委靡、疲乏无力

155. 下列哪些适宜施行甲状腺大部切除术

A. 中度原发性甲亢并发心律不齐　　B. 甲亢伴有气管压迫症状

C. 青少年甲亢　　　　　　　　　　D. 继发性甲亢

156. 门静脉高压症的病理变化中,下列哪项是正确的

A. 毛细血管滤过压增加,腹水形成　B. 肝功能损害,清蛋白合成障碍

C. 脾大,脾功能亢进　　　　　　　D. 肝静脉淤积引起急性大出血

157. 张力性气胸时,可出现

A. 颈静脉怒张　　　　　　　　　　B. 皮下气肿

C. 气管移位　　　　　　　　　　　D. 纵隔扑动

158. 在脊柱骨折中,下列叙述不正确的有

A. 绝大多数是由间接暴力引起　　　B. 胸腰段交界处脊柱活动较多不易受损伤

C. 脊柱骨折可导致脊髓损伤　　　　D. 伸直型脊柱骨折最常见

159. 下列慢性骨髓炎的手术治疗目的,哪些是正确的

A. 消灭窦道病灶　　　　　　　　　B. 取出大片状死骨

C. 消灭无效腔　　　　　　　　　　D. 关闭伤口

160. 关于肘关节前脱位的叙述,正确的有

A. 发生率仅次于肩关节脱位　　　　B. 可有正中神经与尺神经过度牵拉损伤

C. 被动运动时伸不直肘部　　　　　D. 对于脱位不超过1周者应施行切开复位

参 考 答 案

模拟试卷一参考答案

1. B	2. E	3. A	4. D	5. C	6. B	7. C	8. C	9. D	10. C
11. C	12. E	13. C	14. E	15. A	16. C	17. A	18. D	19. E	20. D
21. C	22. D	23. B	24. E	25. D	26. B	27. D	28. D	29. B	30. B
31. D	32. E	33. C	34. C	35. E	36. E	37. A	38. B	39. A	40. C
41. C	42. A	43. C	44. C	45. A	46. D	47. D	48. E	49. B	50. B
51. D	52. C	53. C	54. A	55. A	56. B	57. C	58. E	59. C	60. D
61. E	62. C	63. B	64. C	65. E	66. B	67. D	68. C	69. A	70. D
71. B	72. C	73. D	74. B	75. A	76. C	77. C	78. D	79. D	80. C
81. D	82. C	83. B	84. E	85. B	86. E	87. A	88. B	89. C	90. C
91. E	92. D	93. B	94. C	95. E	96. B	97. D	98. A	99. D	100. E
101. B	102. A	103. C	104. A	105. C	106. A	107. D	108. C	109. A	110. B
111. C	112. A	113. B	114. D	115. A	116. C	117. A	118. C	119. C	120. B
121. ABD	122. ACD	123. ABCD	124. BCD	125. ABC	126. ABCD	127. ABC			
128. ABD	129. BCD	130. ABCD	131. AB	132. ABCD	133. AD	134. AC			
135. AD	136. ABC	137. AB	138. ABCD	139. CD	140. AB	141. ABC			
142. ABCD	143. BCD	144. AB	145. ABD	146. ABC	147. AD	148. BC			
149. ACD	150. ABD	151. ABC	152. CD	153. ABCD	154. ABC	155. ACD			
156. AC	157. BCD	158. AB	159. ACD	160. ABCD					

模拟试卷二参考答案

1. A	2. D	3. C	4. A	5. D	6. B	7. C	8. B	9. A	10. D
11. C	12. B	13. E	14. A	15. E	16. B	17. D	18. A	19. B	20. D
21. E	22. B	23. B	24. E	25. C	26. D	27. D	28. A	29. D	30. A
31. E	32. A	33. D	34. B	35. A	36. E	37. C	38. C	39. D	40. E
41. E	42. A	43. B	44. C	45. D	46. D	47. D	48. C	49. D	50. C
51. D	52. A	53. B	54. C	55. D	56. C	57. B	58. C	59. C	60. C
61. C	62. A	63. B	64. D	65. D	66. A	67. D	68. E	69. B	70. C
71. C	72. B	73. A	74. A	75. A	76. A	77. B	78. E	79. C	80. E
81. C	82. E	83. B	84. C	85. B	86. B	87. E	88. A	89. A	90. C
91. C	92. E	93. A	94. E	95. E	96. B	97. A	98. C	99. A	100. D

101. B   102. A   103. B   104. A   105. C   106. D   107. B   108. A   109. B   110. C
111. C   112. D   113. C   114. C   115. C   116. A   117. C   118. A   119. C   120. A
121. ABCD   122. D   123. BC   124. BD   125. ABCD   126. ABD   127. ABC
128. ABCD   129. ABD   130. ABD   131. ACD   132. ABCD   133. ABD   134. ACD
135. AD   136. AD   137. ABCD   138. AB   139. ABC   140. ABD   141. ABD
142. ABD   143. ACD   144. AB   145. CD   146. CD   147. ABCD   148. BC
149. ABC   150. B   151. BD   152. AB   153. ABCD   154. BD   155. ACD
156. AC   157. CD   158. ABD   159. AB   160. ABCD

模拟试卷三参考答案

1. D   2. D   3. D   4. C   5. C   6. B   7. B   8. D   9. C   10. D
11. B   12. A   13. D   14. C   15. B   16. C   17. B   18. B   19. B   20. E
21. D   22. D   23. C   24. B   25. A   26. A   27. E   28. C   29. D   30. B
31. D   32. D   33. B   34. D   35. C   36. B   37. C   38. E   39. C   40. A
41. A   42. C   43. E   44. D   45. D   46. C   47. A   48. D   49. C   50. A
51. E   52. C   53. C   54. B   55. B   56. C   57. B   58. D   59. C   60. C
61. C   62. E   63. D   64. C   65. C   66. D   67. B   68. A   69. E   70. D
71. A   72. C   73. B   74. C   75. E   76. A   77. E   78. E   79. D   80. B
81. B   82. E   83. B   84. C   85. C   86. D   87. B   88. D   89. A   90. D
91. C   92. B   93. C   94. A   95. C   96. C   97. B   98. A   99. D   100. C
101. C   102. B   103. A   104. C   105. C   106. C   107. C   108. D   109. C   110. D
111. C   112. C   113. D   114. A   115. D   116. C   117. C   118. C   119. A   120. C
121. ACD   122. ABD   123. ABCD   124. ABC   125. AD   126. BC   127. AD
128. ABCD   129. BCD   130. ABD   131. AB   132. ABCD   133. ABD   134. ABC
135. ABC   136. ABCD   137. ABC   138. AB   139. ABCD   140. AC   141. CD
142. D   143. ABC   144. BC   145. ABCD   146. ABD   147. ACD   148. ABCD
149. AC   150. ABD   151. ABC   152. AB   153. CD   154. ABC   155. ABC
156. BCD   157. ABC   158. ABD   159. ACD   160. CD

模拟试卷四参考答案

1. D   2. D   3. D   4. A   5. E   6. E   7. C   8. E   9. D   10. C
11. C   12. B   13. E   14. D   15. B   16. B   17. E   18. A   19. C   20. B
21. C   22. E   23. A   24. E   25. D   26. C   27. D   28. B   29. D   30. B
31. D   32. C   33. A   34. B   35. B   36. D   37. A   38. D   39. C   40. C
41. E   42. C   43. D   44. C   45. D   46. E   47. B   48. E   49. A   50. C
51. D   52. B   53. B   54. C   55. C   56. C   57. B   58. A   59. D   60. E
61. A   62. B   63. C   64. C   65. E   66. B   67. C   68. B   69. E   70. A
71. C   72. E   73. D   74. D   75. A   76. C   77. D   78. E   79. E   80. D

81. D   82. A   83. A   84. B   85. A   86. E   87. A   88. C   89. C   90. A
91. C   92. D   93. A   94. B   95. C   96. B   97. A   98. B   99. C   100. E
101. D   102. C   103. C   104. D   105. A   106. A   107. C   108. A   109. C   110. D
111. C   112. A   113. C   114. A   115. B   116. C   117. B   118. D   119. D   120. B
121. D   122. ABCD   123. ACD   124. AB   125. AD   126. ABC   127. AD
128. AC   129. ABCD   130. ABC   131. AD   132. AC   133. ABCD   134. AB
135. BD   136. ABC   137. BCD   138. ABCD   139. ABCD   140. BC   141. ABC
142. BCD   143. AC   144. ABD   145. BD   146. ABD   147. ACD   148. ABCD
149. ABCD   150. BCD   151. AD   152. ABD   153. ABC   154. ABCD   155. ABD
156. ABCD   157. ABCD   158. ABD   159. ABCD   160. ABCD

模拟试卷五参考答案

1. B   2. D   3. B   4. D   5. C   6. E   7. C   8. E   9. B   10. E
11. B   12. E   13. A   14. A   15. A   16. E   17. D   18. D   19. D   20. D
21. E   22. C   23. A   24. D   25. B   26. B   27. C   28. E   29. C   30. D
31. C   32. C   33. C   34. D   35. D   36. E   37. D   38. B   39. A   40. D
41. E   42. C   43. D   44. C   45. B   46. B   47. C   48. B   49. B   50. A
51. C   52. A   53. D   54. A   55. C   56. C   57. D   58. E   59. B   60. B
61. E   62. B   63. E   64. D   65. C   66. C   67. D   68. A   69. E   70. C
71. C   72. D   73. C   74. B   75. B   76. E   77. B   78. E   79. A   80. B
81. C   82. B   83. A   84. E   85. E   86. E   87. B   88. A   89. D   90. C
91. A   92. A   93. B   94. B   95. B   96. B   97. D   98. B   99. B   100. E
101. C   102. B   103. D   104. B   105. B   106. C   107. D   108. B   109. B   110. D
111. C   112. C   113. B   114. A   115. A   116. B   117. C   118. A   119. A   120. C
121. BCD   122. BCD   123. ACD   124. AB   125. ABCD   126. BD   127. ACD
128. ABC   129. ABD   130. ABCD   131. ACD   132. ACD   133. AD   134. BCD
135. AB   136. AB   137. ABCD   138. ABCD   139. AC   140. ABC   141. ACD
142. ACD   143. BCD   144. ABD   145. AD   146. ACD   147. BC   148. ABCD
149. AB   150. ABCD   151. AB   152. ACD   153. ACD   154. ABC   155. ABCD
156. BCD   157. ABD   158. ABD   159. AB   160. ABCD

模拟试卷六参考答案

1. C   2. A   3. D   4. A   5. B   6. D   7. D   8. C   9. B   10. A
11. B   12. D   13. C   14. D   15. C   16. B   17. C   18. C   19. C   20. E
21. C   22. E   23. A   24. B   25. C   26. B   27. E   28. C   29. E   30. D
31. C   32. E   33. B   34. A   35. E   36. C   37. E   38. C   39. D   40. B
41. E   42. C   43. B   44. E   45. E   46. C   47. C   48. C   49. E   50. D
51. C   52. D   53. A   54. B   55. D   56. D   57. A   58. B   59. D   60. A

61. E	62. E	63. B	64. B	65. E	66. D	67. E	68. D	69. C	70. A
71. E	72. B	73. B	74. C	75. E	76. E	77. D	78. E	79. B	80. E
81. D	82. E	83. A	84. C	85. C	86. E	87. B	88. A	89. C	90. A
91. B	92. D	93. A	94. C	95. B	96. A	97. D	98. C	99. B	100. A
101. A	102. B	103. C	104. C	105. C	106. B	107. D	108. C	109. A	110. C
111. A	112. C	113. C	114. C	115. A	116. C	117. C	118. C	119. B	120. C
121. ABD	122. ABCD	123. AB	124. ABC	125. BC	126. ABD	127. AD			
128. ABD	129. ACD	130. BC	131. BD	132. BC	133. BD	134. ABCD			
135. ABD	136. BD	137. BC	138. ABC	139. ABCD	140. ABCD	141. AD			
142. ABD	143. ABC	144. CD	145. ABD	146. ABC	147. ABCD	148. BCD			
149. ABCD	150. A	151. ABC	152. BC	153. ABD	154. ABCD	155. ABCD			
156. ABCD	157. AC	158. BCD	159. AD	160. ABCD					

模拟试卷七参考答案

1. D	2. C	3. A	4. E	5. E	6. B	7. D	8. C	9. E	10. B
11. E	12. C	13. E	14. B	15. B	16. D	17. C	18. C	19. C	20. C
21. A	22. D	23. C	24. C	25. D	26. A	27. C	28. C	29. D	30. C
31. B	32. E	33. B	34. D	35. D	36. D	37. E	38. B	39. E	40. B
41. E	42. E	43. B	44. C	45. D	46. A	47. D	48. B	49. C	50. C
51. E	52. D	53. A	54. C	55. B	56. C	57. B	58. D	59. C	60. B
61. E	62. D	63. B	64. C	65. A	66. D	67. D	68. D	69. D	70. E
71. C	72. A	73. B	74. D	75. A	76. B	77. C	78. C	79. D	80. C
81. B	82. C	83. A	84. E	85. D	86. C	87. A	88. C	89. D	90. C
91. A	92. D	93. B	94. E	95. C	96. E	97. C	98. D	99. D	100. C
101. C	102. D	103. B	104. A	105. B	106. C	107. C	108. B	109. C	110. C
111. A	112. B	113. C	114. A	115. A	116. B	117. D	118. C	119. A	120. C
121. ABD	122. BCD	123. BCD	124. ABCD	125. ABCD	126. CD	127. ABC			
128. ABCD	129. ABCD	130. ABD	131. ACD	132. BD	133. ABC	134. ABCD			
135. AD	136. AC	137. BCD	138. BC	139. B	140. ACD	141. D			
142. A	143. AC	144. AB	145. BC	146. AB	147. ABCD	148. CD			
149. AD	150. AC	151. BD	152. ACD	153. BCD	154. BC	155. ACD			
156. ABCD	157. BCD	158. AD	159. A	160. BCD					

模拟试卷八参考答案

1. E	2. D	3. A	4. B	5. D	6. B	7. B	8. E	9. E	10. E
11. C	12. D	13. D	14. C	15. B	16. E	17. B	18. A	19. B	20. C
21. C	22. A	23. A	24. B	25. D	26. A	27. B	28. B	29. D	30. C
31. E	32. C	33. D	34. C	35. E	36. B	37. A	38. B	39. B	40. B

41. A 42. C 43. D 44. D 45. D 46. C 47. C 48. C 49. D 50. C
51. A 52. B 53. C 54. D 55. B 56. D 57. C 58. B 59. B 60. E
61. D 62. C 63. C 64. E 65. D 66. C 67. D 68. C 69. D 70. C
71. B 72. E 73. A 74. C 75. E 76. E 77. E 78. D 79. D 80. A
81. E 82. A 83. B 84. A 85. A 86. D 87. B 88. C 89. B 90. C
91. A 92. B 93. E 94. B 95. C 96. A 97. B 98. A 99. C 100. D
101. A 102. B 103. C 104. C 105. D 106. C 107. B 108. D 109. A 110. B
111. B 112. A 113. B 114. B 115. B 116. A 117. A 118. C 119. D 120. B
121. AC 122. AC 123. BC 124. ABCD 125. ABC 126. ABC 127. ABCD
128. ABCD 129. ABC 130. ABC 131. AB 132. ABCD 133. ACD 134. ABC
135. AD 136. AD 137. BCD 138. ABC 139. ABC 140. ABCD 141. ABCD
142. ABC 143. ABD 144. AB 145. ABC 146. ABC 147. ABC 148. ACD
149. ABD 150. CD 151. ACD 152. B 153. BD 154. BD 155. ABD
156. ABC 157. ABC 158. BD 159. ABCD 160. ABC